KB116846

생일

생일 · 사랑이 내게 온 날 나는 다시 태어났습니다

1판 1쇄 발행 2006년 3월 31일 **1판 47쇄 발행** 2022년 6월 1일

글 장영희
그림 김점선

펴낸이 고세규
발행처 김영사
주소 경기도 파주시 문발로 197(문발동) 우편번호 10881
등록 1979년 5월 17일(제406-2003-036호)
주문 및 문의전화 031)955-3200 **팩스** 031)955-3111
편집부 전화 02)3668-3295 **팩스** 02)745-4827 **전자우편** literature@gimmyoung.com
비채 카페 http://cafe.naver.com/vichebooks **인스타그램** @drviche **카카오톡** @비채책
트위터 @vichebook **페이스북** facebook.com/vichebook

ISBN 978-89-92036-07-8 03810 책값은 뒤표지에 있습니다.

비채는 김영사의 문학 브랜드입니다.

장영희 쓰고 김점선 그림

책을 열며

세상에서 제일 아름다운 책

작년에 이 책의 그림을 그려주신 화가 김점선 선생님께서 TV 인터뷰를 하실 때였습니다.

사회자가 근황을 묻자 선생님께선 "장영희의 영미시 산책을 책으로 내는데 거기 들어갈 그림을 그리고 있다"고 말씀하셨습니다. 그랬더니 사회자가 그 책의 제목을 물었습니다. TV를 보고 있던 저는 순간 긴장했습니다. 당시 아직 책의 제목을 정하지 않았을 때였고, 선생님과 한 번도 제목에 대해 상의해본 적도 없었기 때문입니다. 그런데 선생님께선 잠깐 생각하시더니 특유의 순발력으로 자신 있게 답하셨습니다.

"세상에서 제일 아름다운 책이요!"

그래서 이 책은 당시 그 TV 프로그램에 '세상에서 제일 아름다운 책'

이란 제목으로 소개되었습니다.

그때부터 내 마음속에 간직한 이 책의 비밀 제목은 '세상에서 제일 아름다운 책' 입니다. 그래, 맞다, 이 세상에서 제일 아름다운 책을 만들자! 이것은 물론 저의 소망이기도 하고, 저의 의지이기도 하였습니다. 아니, 저의 의지와 상관없이 이 책은 아름다울 수밖에 없는 운명을 가진 책입니다. 영미문학사에서 빛나는 기라성 같은 시인들의 아름다운 시에 아름다운 그림들을 엮은 책이기 때문입니다.

여기 수록된 시들은 읽으면 단단한 껍질에 꽁꽁 싸여 있던 내 마음이 갑자기 속살을 드러낸 듯 속절없이 진한 아픔과 기쁨을 느끼고, 무채색인 내 세상에 무지개가 뜨듯 생경하면서도 황홀한 느낌이 들고, 잊혀진 꿈처럼 나도 희로애락을 느낄 줄 아는 마음이란 게 있었구나 새삼 뻐근한 감동이 오고, 갑자기 이 혼잡하고 험한 세상에서 남에게 해 안 끼치고 꿋꿋이 살아 있는 내 존재가 마냥 기특한 느낌이 들고, 문득 '이봐요, 여기 내가 있잖아요' 하고 옆 사람 툭 치고 눈 맞추고 이야기하고 싶게 만듭니다. 그러니 어찌 아름답지 않을 수 있을까요.

시인은 바람에 색깔을 칠하는 사람입니다. 분명 거기에 있는데, 분명 무언가 있는 것을 느끼는데 어떻게 말로 표현할 수 없는 것을 우리 대신 표현해주는 사람입니다. 정제된 감정을 집중하고, 고르고 골라 가장 순수하고 구체적인 이미지와 진실된 언어로 우리 대신 말해줍니다. 에밀리 디킨슨은 머리가 완전히 폭발해버린 듯한 느낌을 받을 때 시를 쓴다고 했습니다. 로버트 프로스트는 목에 무언가 뜨거운 것이 치밀면, 그것은 시를 쓰라는 신

호라고 말했습니다. 그것은 순간적이라도 지독한 사랑을 느낄 때의 감정이고, 우리가 알고 있는 시인들은 그래서 모두 자신이 느끼는 사랑을 말로 옮긴 사람들입니다. 남녀간의 사랑, 자식에 대한 사랑, 이웃 사랑, 나라 사랑, 한 마디로 뭉뚱그려 모두 삶에 대한 사랑을 노래한다고 할 수 있습니다. 그래서 서정시인 새러 티즈데일(Sara Teasdale)은 말합니다. "나의 노래를 만드는 것은 내가 아니라 나의 심장입니다(It is my heart that makes my songs, not I)." 즉 자기의 심장으로 우리를 대변해주는 사람들이 바로 시인입니다.

이 책은 대부분 모 일간지에 '장영희의 영미시 산책' 이라는 제목으로 연재했던 칼럼을 모은 것입니다. 처음에 여름 기획 코너로 두 달만 쓰기로 했는데 독자들의 반응이 좋아서 조금씩 연장하다가 결국 1년 동안 연재하게 된 칼럼입니다. 신문에 영시를 소개한다는 기획 자체가 신선했다고 할까요. 어쩌면 모두의 마음속에 잠재한 '시를 읽고 싶은 욕망' 을 자연스럽게 끌어냈다고 볼 수도 있겠지요.

신문사에서 저의 원고를 담당하신 김광일 기자님은 계절마다 제 칼럼에 아주 멋진 제목을 붙여주었습니다. 봄에는 '이 아침, 축복처럼 꽃비가' , 여름에는 '바다보다 푸른 초대' , 가을에는 '낙엽을 기다리는 오솔길에서' , 겨울에는 '눈 오는 산 참나무처럼' … 그야말로 시적이고 아름다운 제목들이지요.

칼럼에 쓴 시들을 모아보니 도합 120편가량 되었고, 주제별로 크게 사랑과 희망으로 나누어졌습니다. 그 중 사랑에 관한 시 49편을 골라 담고 《생일: 사랑이 내게 온 날 나는 다시 태어났습니다》라는 제목을 붙여보았습니다. 크리스티나 로제티의 〈생일〉이라는 시의 제목과 주제에서 따온 것이지요. 육체적으로 이 세상에 태어난 생일도 중요하지만, 사랑에 눈떠 영혼이 다시 태어나는 날이야말로 진정한 생명을 부여받는 생일이라는 의미를 담고 있습니다.

《생일》은 제게 개인적으로 의미가 큰 책입니다. 2004년 9월 초 척추암이 발병하여 병원에 입원했던 저는 당시 쓰고 있던 신문과 잡지 칼럼 네 개 중 세 개를 포기했지만, 그 중 영미시 칼럼만은 남겨두었습니다. 알코올중독자가 갑자기 술을 끊으면 금단현상이 오듯, 글을 쓰고 책을 읽던 사람이 갑자기 그런 일을 안 하면 아마도 더 스트레스를 받을 것 같아서였습니다. 그 당시 제게 '영미시 산책' 칼럼은 흰 벽으로 둘러싸인 좁은 공간에서 바깥세상으로 나가는 단 하나의 통로였습니다. 나만 버려두고 자꾸자꾸 앞으로 가버리는 세상에서 내 존재를 확인하는 단 하나의 방편이었습니다. 그리고 그때 읽은 시들은 대학에서, 또는 그후 문학을 전공하면서 읽었던 그 어떤 시들보다 제게 감동으로 다가왔습니다. 새로운 생명의 힘을 북돋아주듯, 정말이지 영혼의 '생일'을 새로 맞이할 수 있는 용기를 주었습니다.

시, 그것도 영시를 읽는 건 어렵다고 생각하는 독자들이 간혹 있습니다. 우리말이 아니라는 물리적 한계뿐만 아니라 시 특유의 함축성 때문에 의미가 금방 들어오지 않을 수 있으니까요. 그래서 시를 선택할 때 특별히 신중을 기했습니다. 여기 소개한 시인들은 대부분 꼭 영문학도가 아니더라도 상식으로 알아둘 만한, 이른바 '거장'들입니다. 셰익스피어에서부터 W. B. 예이츠, T. S. 엘리엇, 에밀리 디킨슨, 로버트 프로스트 등 필독해야 하는 시인들이지만 그들의 대표작 위주로 시를 고른 것은 아닙니다. 영문학과의 시 전공 수업에서 머리로 분석하고 따져야 이해가 되는 시보다는 우리의 가슴에 호소하는 시, 전공자가 아니더라도 누구든 읽고 이해할 수 있는 시를 고르고, 장시長詩에서 가장 의미 있는 부분을 발췌하려고 노력했습니다.

그리고 상세한 시인 소개나 전문적인 시 해설은 피했습니다. 영시 칼럼을 쓰고 이 책을 내는 목적은 독자들에게 이 시인들에 대해 사실적인 정보를 제공하고 전문적인 문학 분석 방법을 소개하기 위한 것이 아니기 때문입니다. 시인들의 고뇌와 사랑, 의지, 인내, 희망을 함께 나누며 언어와 정서, 문화의 차이를 뛰어넘어, 결국 시는 우리 모두의 삶 자체라는 것, 시는 아프고 작은 것도 다 보듬어 안아서 우리에게 기쁨과 위로를 줄 수 있다는 것, 그래서 시집 한 권을 읽는 따뜻한 여유가 우리의 생활을 얼마나 더 풍요롭게 할 수 있는지를 알리고 싶었습니다. 그래서 영문학자가 아니라 저 역시 한 사람의 독자로서 제 개인적인 감상문을 짤막하게 달았을 뿐입니다.

시를 번역하는 사람은 시인이어야 한다는 말이 있습니다. 저는 시인이 아니지만 언감생심, 시를 번역한다는 부담을 안아보았습니다. 영한 대역이기 때문에 지나친 의역을 피하면서도 시처럼 읽히게 만들어야 한다는 것은 무척 큰 부담이었습니다.

불가피하게 시의 전문을 다 수록하지 못한 예도 꽤 많고, 축약 때문에 원문의 각운과 운율을 제대로 살리지 못한 경우도 있습니다. 부족한 지면에 독자의 마음에 다가갈 수 있는 시를 가능하면 많이 소개하고, 비전공자인 독자들이 좀더 접근하기 쉽도록 하기 위함이었다는 변명을 해봅니다(생략된

부분은 시의 원문에 생략부호(.....)로 표시되어 있으며, 시의 전문을 참고하고 싶은 독자들은 www.yahoo.com이나 www.google.com의 검색창에 영문 제목과 시인의 이름을 넣거나 www.poetry4u.net에 가면 많은 시와 좋은 우리말 번역을 볼 수 있습니다).

끝으로 이 시집에 그림을 그려주신 화가 김점선 선생님께 감사하다는 말씀을 빼놓을 수 없습니다. 선생님의 그림은 한 마디로 아름다운 색채의 시입니다. 파격적이고 강렬하면서도 따뜻하고, 밝고 유쾌하면서도 환상적이고, 대담하고 단순하면서도 섬세하고, 재미있고 순진무구하면서도 어딘지 모르게 애잔하고… 가만히 보고 있노라면 이제껏 부끄러워 말 못하고 가슴에 숨겨놓은 이야기를 내게만 해주겠다는 속삭임이 들리는 것 같습니다. 그것은 바로 시인들이 시를 쓰는 이유이기도 하지요.

그래서 이렇게 아름다운 시와 아름다운 그림이 있는 '세상에서 제일 아름다운 책' 을 보고 누군가 단 한 사람이라도 기쁨과 위안을 얻는다면, 아마 저는 세상에서 제일 행복한 사람이 될 겁니다.

2006년 봄

장영희

2…

3…

1… 내겐 당신이 있습니다. 내 부족함을 채워주는 사람— 당신의 사랑이 쓰러지는 나를 일으킵니다. 내게 용기, 위로, 소망을 주는 당신. 내가 나를 버려도 나를 포기하지 않는 당신. 내 전생에 무슨 덕을 쌓았는지, 나는 정말 당신과 함께할 자격이 없는데, 내 옆에 당신을 두신 신에게 감사합니다. 나를 사랑하는 이가 이 세상에 존재한다는 것, 그것이 내 삶의 가장 커다란 힘입니다.

그대 만난 뒤에야 내 삶은 눈떴네

A Birthday

Christina Rossetti

My heart is like a singing bird
Whose nest is in a watered shoot;
My heart is like an apple-tree
Whose boughs are bent with thickset fruit;
My heart is like a rainbow shell
That paddles in a halcyon sea;
My heart is gladder than all these
Because the birthday of my life
Is come, my love is come to me....

생일

크리스티나 로제티

내 마음은 물가의 가지에 둥지를 튼
한 마리 노래하는 새입니다.
내 마음은 탐스런 열매로 가지가 휘어진
한 그루 사과나무입니다.
내 마음은 무지갯빛 조가비,
고요한 바다에서 춤추는 조가비입니다.
내 마음은 이 모든 것들보다 행복합니다.
이제야 내 삶이 시작되었으니까요.
내게 사랑이 찾아왔으니까요.

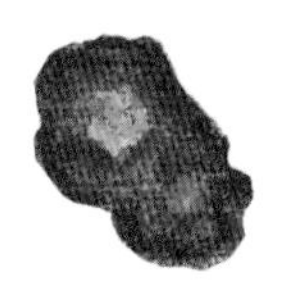

영국의 여류시인(1830~1894). 따뜻한 감정과 자기 억제적인 사랑의 정신을 언어로 표현한 아름다운 연시들을 남겼다. 결혼하지 않고 어머니와 함께 평생 독신으로 살았다.

누군가 내게 불쑥 내미는 화려한 꽃다발 같은 시입니다.

진정한 생일은 육신이 이 지상에서 생명을 얻은 날이 아니라 사랑을 통해 다시 태어난 날이라고 노래하는 시 〈생일〉. 글을 쓸 수 있기 전에 이미 시를 썼다는 크리스티나 로제티가 스물일곱 살 때 쓴 시입니다. 사랑에 빠진 시인의 마음은 환희와 자유의 상징인 새, 결실과 충만의 상징인 사과나무, 평화와 아름다움의 상징인 고요한 바다와 같이 너무나 행복하고 가슴 벅차서, 스물일곱 나이가 까마득히 먼 꿈이 되어버린 내 마음까지 덩달아 사랑의 기대로 설렙니다.

내 육신의 생일은 9월이지만, 사랑이 없으면 생명이 없는 것이라는 〈생일〉을 읽으며, 나도 다시 한 번 태어나고픈 소망을 가져봅니다. 저 눈부신 태양을 사랑하고, 미풍 부는 하늘을 사랑하고, 나무와 꽃과 사람들을 한껏 사랑하고, 로제티처럼 "My love is come to me!"라고 온 세상에 고할 수 있는 아름다운 4월의 '생일'을 꿈꾸어봅니다.

내 나이 스물하고 하나였을 때

When I Was One-And-Twenty

A. E. Housman

When I was one-and-twenty
I heard a wise man say,
"Give crowns and pounds and guineas
But not your heart away."
But I was one-and-twenty,
No use to talk to me....
"The heart out of the bosom
Was never given in vain;
'Tis paid with sighs a-plenty
And sold for endless rue."
And I am two-and-twenty
And oh, 'tis true, 'tis true.

내 나이 스물하고 하나였을 때

A. E. 하우스먼

내 나이 스물하고 하나였을 때
어느 현명한 사람이 말했지요.
"크라운, 파운드, 기니는 다 주어도
네 마음만은 주지 말거라."
하지만 내 나이 스물하고 하나였으니
아무 소용없는 말이었지요.
"마음으로 주는 사랑은
늘 대가를 치르는 법.
그것은 하많은 한숨과
끝없는 슬픔에 팔린단다."
지금 내 나이 스물하고 둘
아, 그건, 그건 정말 진리입니다.

영국의 고전학자 · 시인(1859~1936). 절제되고 소박한 문체로 낭만적 염세주의를 표현한 서정시를 썼다. 대영박물관에서 11년간 독학으로 고전을 연구하여 지식인 사회에 큰 영향을 끼쳤다.

아, 사랑은 달콤하지만 너무 아픕니다. 스물한 살 우리 조카가 사랑에 빠졌습니다. 말수가 줄어들고, 혼자 있기를 좋아하고, 눈은 피안의 세계를 향한 듯 허공을 헤매고…. 맞습니다, 바로 짝사랑의 징후이지요.

하우스먼이 특별한 의미를 부여하고 있는 나이, 스물한 살. 성년이면서도 아직은 삶의 경험이 부족하고, 인생에서 가장 아름다우면서도 고뇌에 차 있는 역설적인 나이입니다. 시인이 만난 현자는 "네가 갖고 있는 보석과 돈은 다 주어도 마음만은 주지 마라, 결코 사랑을 하지 마라"고 충고합니다. 사랑은 너무나 슬프고 아프기 때문입니다.

하지만 준서야, 아파도 사랑해라. 사랑의 보답이 오직 눈물과 한숨뿐일지라도, 그래도 포기하지 말고 끝까지 사랑해라. 하우스먼은 시詩란 "상처 받은 진주조개가 극심한 고통 속에서 분비 작용을 하여 진주를 만드는 일"이라고 했다. 마찬가지로, 사랑의 아픔을 겪고 나서야 너는 아름다운 영혼의 진주를 만들고 진정 아름다운 삶의 시를 쓸 수 있단다.

네 안엔 맑고 순수한 아이가 있지

The Man and the Child

Anne Morrow Lindbergh

It is the man in us who works;
Who earns his daily bread and anxious scans
The evening skies to know tomorrow's plans;
It is the man who hurries as he walks;
Who doubts his neighbor and who wears a mask;
Who moves in armor and who hides his tears....

It is the child in us who plays;
Who sees no happiness beyond today's;
Who sings for joy; who wonders, and who weeps;
Open and maskless, naked of defense,
Simple with trust, distilled of all pretense,
It is the child in us who loves.

어른과 아이

앤 머로 린드버그

일하는 것은 우리 속에 사는 어른
밥벌이를 하고 내일을 계획하려
근심스럽게 저녁 하늘을 훑어보고
걸을 때 서두르는 것은 우리 속에 사는 어른
이웃을 의심하고 가면을 쓰고
갑옷 입고 행동하며 눈물을 감추는 것은 어른.

노는 것은 우리 속에 사는 아이
미래에서 행복을 찾지 않고
기쁨으로 노래하고, 경이로워하며 울 줄도 알고
가면 없이 솔직하고 변명을 하지 않고
단순하게 잘 믿고 가식도 전혀 없이,
사랑하는 것은 우리 속에 사는 아이.

미국의 여류시인 · 비행사(1907~2001). 여성 특유의 섬세한 표현과 오묘한 통찰력으로 많은 작품을 발표했다. 최초로 대서양 횡단 단독비행에 성공한 찰스 A. 린드버그가 그녀의 남편이다.

아침마다 우리는 가면 쓰고 갑옷 입고 세상이라는 전쟁터로 나갑니다. 내 안의 순수한 마음, 남을 믿는 마음, 경이로움을 느낄 줄 아는 마음을 억누르고 무관심과 무감각의 갑옷으로 단단히 무장한 다음, 삶이라는 커다란 용과 싸우러 나갑니다.

밥벌이를 위해 서둘러 걷고, 남을 의심하고 또 미워하고, 내가 한 발짝이라도 더 올라서기 위해 남을 무시하고 짓밟기도 합니다. 저녁이 되면 오늘의 싸움에 만족하지 못하고 근심스러운 마음으로 다시 내일의 전투 계획을 짭니다.

오늘의 행복은 미래를 위해 접어두고, 가끔씩 왠지 사는 게 서글퍼져 눈물이 날라치면 매몰차게 마음을 다잡고, 다시 딱딱한 갑옷 입고 총알 쏟아지는 적진으로 들어갑니다.

그래서 가면 없이 솔직하고, 기쁨으로 노래하고 사랑하기 좋아하는 내 안의 아이는 참 살기가 힘듭니다.

3월님, 잘 지내셨나요

MARCH

Emily Dickinson

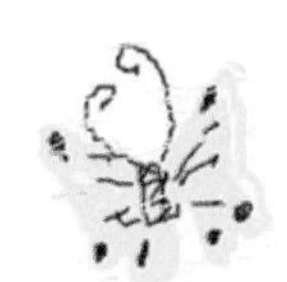

Dear March, come in!
How glad I am!
I looked for you before.
Put down your hat—
You must have walked—
How out of breath you are!
Dear March, how are you?
And the rest?
Did you leave Nature well?
Oh, March, come right upstairs with me,
I have so much to tell.

3월

에밀리 디킨슨

3월님이시군요, 어서 들어오세요!
오셔서 얼마나 기쁜지요!
일전에 한참 찾았거든요.
모자는 내려놓으시지요—
아마 걸어오셨나 보군요—
그렇게 숨이 차신 걸 보니.
그래서 3월님, 잘 지내셨나요?
다른 분들은요?
'자연'은 잘 두고 오셨어요?
아, 3월님, 저랑 바로 이층으로 가요.
말씀드릴 게 얼마나 많은지요.

미국의 여류시인(1830~1886). 자연과 사랑, 청교도주의를 배경으로 한 죽음과 영원 등의 주제를 담은 시들을 남겼다. 평생을 칩거하며 독신으로 살았고, 죽은 후에야 그녀가 2,000여 편의 시를 쓴 것이 알려졌다.

겨우내 기다리던 3월입니다. 인디언 달력에서 3월은 '마음을 움직이게 하는 달', '한결같은 것은 아무것도 없는 달'로 묘사합니다. 봄인가 하면 눈 폭풍이 불고, 아직 겨울인가 하면 어느새 미풍에 실린 햇살이 눈부십니다.

작년 이맘때 왔다가 눈 깜짝할 새 가버렸던 3월, 1년 만에 다시 찾아와주니 무척 반갑습니다. 그런데 그저 잠깐만 들르려고 급히 떠나왔는지 헐레벌떡 숨차합니다. 시인은 3월을 조금이라도 더 머물게 하려고, 모자를 내려놓고 자리잡으라고 권합니다. 1년 동안 쌓인 얘기를 나누자고 이층으로 안내하기도 합니다.

하지만 3월이 오래 머물 것 같지는 않습니다. 저 멀리 들려오는 꽃 소식만 전하고 3월은 곧 우리 곁을 다시 떠나가겠지요.

세상엔 공짜가 없으니…

Barter

Sara Teasdale

Life has loveliness to sell,
All beautiful and splendid things,
Blue waves whitened on a cliff....
And children's faces looking up
Holding wonder like a cup.
Music like a curve of gold,
Scent of pine trees in the rain,
Eyes that love you, arms that hold....
Spend all you have for loveliness,
Buy it and never count the cost....
And for a breath of ecstasy
Give all you have been, or could be.

물물교환

새러 티즈데일

삶은 아주 멋진 것들을 팝니다,
한결같이 아름답고 훌륭한 것들을.
벼랑에 하얗게 부서지는 푸른 파도
잔처럼 경이로움을 가득 담고
쳐다보는 아이들의 얼굴.
금빛으로 휘어지는 음악소리
비에 젖은 솔 내음
당신을 사랑하는 눈매, 보듬어 안는 팔,
전 재산을 털어 아름다움을 사세요.
사고 나서는 값을 따지지 마세요.
한순간의 환희를 위해
당신의 모든 것을 바치세요.

미국의 여류시인(1884~1933). 개인적인 주제의 짧은 서정시가 고전적 단순성과 차분한 강렬함으로 주목을 받았다. 《사랑의 노래(Love Songs)》(1917)로 퓰리처상을 받았다.

이 시가 기록되어 있는 티즈데일의 원고 가장자리에는 "삶은 거저 주지 않고 판다(Life will not give but she will sell)"라고 씌어 있습니다. 이 세상 그 어떤 것도 공짜가 없는데, 아니, 우리가 세상에 공짜로 내놓는 게 없는데, 삶이라고 예외일 수는 없지요. 'Barter(물물교환)' 라는 경제 용어를 사용해서 우리가 누리는 삶의 기쁜 순간들은 결국 교환적이며 보상적이라는 의미를 전하고 있습니다.

이 나이에도 삶에는 꼭 갖고 싶은 멋진 것들이 많이 있습니다. 그것들을 공짜로 바라는 내 태도에 문제가 있는지 모릅니다. "비에 젖은 솔 내음"을 얻기 위해서는 그 향기와 아름다움을 느낄 줄 아는 마음을 내놓아야 하고, "당신을 사랑하는 눈매"를 사기 위해서는 내가 사랑하는 눈매를 주어야 한다는, 아주 간단한 '물물교환' 의 법칙을 잊고 살았습니다. 치사하게 내가 준 것만 조목조목 값을 따지고, 공짜로 얻은 것은 당연히 여기고 살았습니다.

I'm Nobody

Emily Dickinson

I'm Nobody! Who are You?
Are you—Nobody—too?
Then there's a pair of us!
Don't tell!
They'd banish us—you know!

How dreary—to be—Somebody!
How public—like a frog—
To tell your name—
the livelong June—
To an admiring bog!

무명인

에밀리 디킨슨

난 무명인입니다! 당신은요?
당신도 무명인이신가요?
그럼 우리 둘이 똑같네요!
쉿! 말하지 마세요.
쫓겨날 테니까 말이에요.

얼마나 끔찍할까요, 유명인이 된다는 건!
얼마나 요란할까요, 개구리처럼
긴긴 6월 내내
찬양하는 늪을 향해
개골개골 자기 이름을 외쳐대는 것은.

미국의 여류시인(1830~1886). 자연과 사랑, 청교도주의를 배경으로 한 죽음과 영원 등의 주제를 담은 시들을 남겼다. 평생을 칩거하며 독신으로 살았고, 죽은 후에야 그녀가 2,000여 편의 시를 쓴 것이 알려졌다.

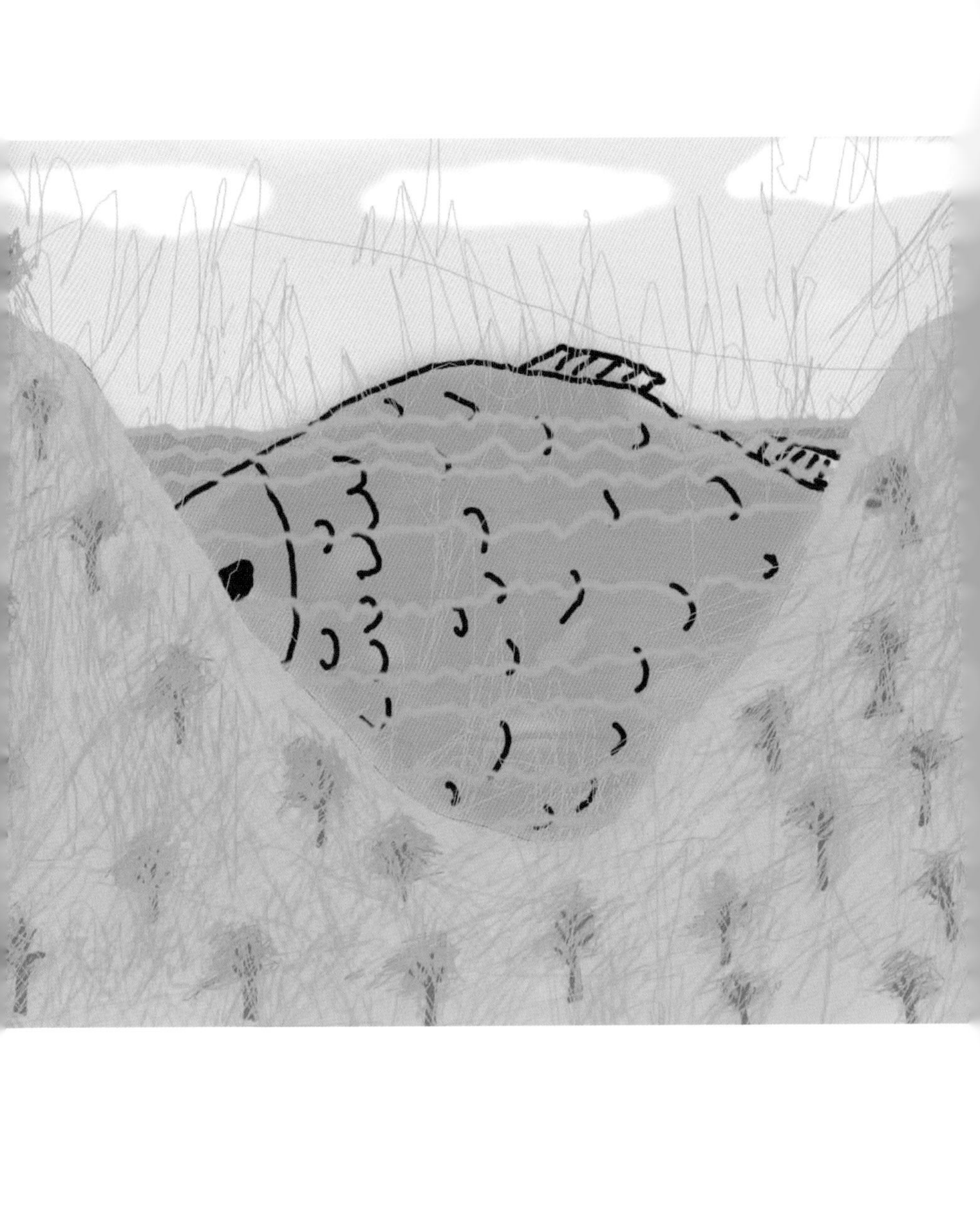

모든 사람들이 환영하고 떠받드는 유명인, 즉 'Somebody'가 되는 것은 마치 여름날 개구리가 와글와글 떠들어대는 것과 같이 의미 없고 허무한 일이라고 시인은 말합니다. 선거에 당선되기 위해 목이 터져라 이런 저런 슬로건을 부르짖는 일, 기계적으로 박수치며 입에 발린 말로 찬양하는 청중 앞에서 와글와글 자기 이름을 외쳐대는 일은 얼마나 끔찍할까요.

미국 듀크 대학의 농구 감독 시셉스키는 모든 농구 지도자들의 꿈인 NBA 챔피언, LA 레이커스 팀의 감독직을 고사했습니다. 제자로부터 "한 명의 선수는 단지 손가락 한 개에 불과하지만, 다섯 명으로 뭉치면 단단한 주먹이 된다는 소중한 교훈을 가르쳐주신 감독님, 감독님의 지도와 격려를 받기 위해 이 학교에 왔습니다. 저희들의 감독님으로 남아주십시오"라는 편지를 받았기 때문이랍니다.

대중이 권력과 부로 찬양하는 'Somebody'보다는 단 한 사람이라도 마음으로 맞아주는 'Somebody'로 남기를 택한 것이겠지요.

진짜 사랑은 따로 또 같이

The Good-Morrow

John Donne

And now good morrow to our waking souls,
Which watch not one another out of fear;
For love all love of other sights controls,
And makes one little room an everywhere.
Let sea-discoverers to new worlds have gone,
Let maps to other, worlds on worlds have shown,
Let us possess one world; each hath one, and is one.

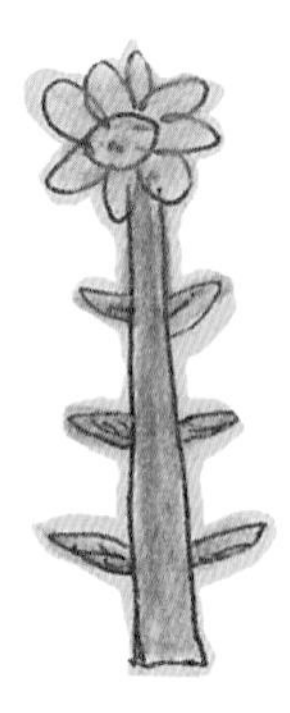

새 아침

존 던

사랑에 눈뜨는 우리 영혼에 새아침이 밝았습니다.
우린 이제 두려움으로 서로를 바라보지 않습니다.
사랑은 다른 곳에 한눈파는 걸 싫어하고
아주 작은 방이라도 하나의 우주로 만드니까요.
해양탐험가들은 마음껏 신세계로 가라고 해요.
다른 이들은 지도로 딴 세상 가보라고 하고요.
우리는 하나의 세계. 각자가 하나이고 함께 하나이니.

영국의 시인 · 성직자(1572~1631). 형이상학파 시인의 일인자로 엘리엇, 예이츠 등 20세기 현대 시인에게도 깊은 영향을 끼쳤다. 43세에 사제 서품을 받았는데 그의 설교도 17세기 가장 뛰어난 것으로 손꼽힌다.

사랑에 눈뜬다는 것은 축복입니다. 새롭게 태어나는 것과 마찬가지니까요. 함께 있으면 마치 우주를 다 가진 듯 하나도 부족함이 없는 것, 다른 곳에 한눈팔지 않고 둘만이 하나의 세계를 이루는 것, 그것이 사랑입니다.

그렇다고 서로를 소유하는 것이 사랑은 아닙니다. 각자가 하나의 세계를 가지고 둘이 하나가 되는, 그런 사랑이 진실한 사랑입니다.

존 던은 다른 시에서 "나는 두 가지 바보이다. 사랑하기 때문에, 그리고 사랑한다고 말을 하기 때문에"라고 말합니다. 똑똑한 사람들은 사랑을 하지 않고, 사랑한다 해도 마음속에만 숨겨놓고 입 밖에 내지 않는다는 뜻이지요. 시인이 말하는 것처럼 각자 하나이고 함께 하나 되는 사랑을 하고, '사랑합니다' 라는 말을 아끼지 않는 '두 가지 바보' 가 되어보면 어떨까요.

그런데 이 세상에는 똑똑한 사람들이 너무 많은 것 같습니다.

'사랑해요'의 반대말은…

Pity Me Not

Edna St. Vincent Millay

Pity me not the waning of the moon,
Nor that the ebbing tide goes out to sea,
Nor that a man's desire is hushed so soon....
This have I known always: love is no more
Than the wide blossom which the wind assails....
Pity me that the heart is slow to learn
What the swift mind beholds at every turn.

가여워 마세요

에드너 St. 빈센트 밀레이

날 가여워 마세요, 달이 이지러진다고,
썰물이 바다로 밀려간다고,
한 남자의 사랑이 그토록 쉬 사그라진다고.
나는 알지요, 사랑이란 바람 한번 불면
떨어지고 마는 활짝 핀 꽃뿐이란 걸.
계산 빠른 머리는 언제나 뻔히 아는 것을
가슴은 늦게야 배운다는 것, 그것만 가여워하세요.

미국의 여류시인 · 극작가(1892~1950). 소네트 형식의 시에서 진가를 발휘한 서정시인이다. 대담할 정도의 관능적 표현과 시대정신에 걸맞은 새로운 자유와 모럴을 생활 속에서 실천했다.

자연의 변화무쌍함과 인생의 무상함을 허무한 사랑과 연인의 변덕스러움에 비유하고 있는 시입니다. 연인이 떠났다는 사실을 머리(mind)는 잘 알지만, 가슴(heart)은 여전히 그걸 인정하지 못하고 그 사랑에 연연해 하며 아파합니다.

오늘 문득 제자 승은이가 물었습니다.

"선생님, '사랑해요'의 반대말이 뭔지 아세요?"

"'미워해요' 인가?" 내가 말했습니다.

"아니요."

"그럼 '싫어해요'?"

"그것도 아니에요. 답은 '사랑했어요' 예요. '미워해요'는 그래도 관심을 나타내지만 떠난 사람은 아무 관심도 없잖아요."

슬프게 말하는 승은이를 가여워할 필요는 없습니다. 시간이 흐르면 승은이는 '사랑해요'의 반대말이 '사랑했어요'가 아니라는 것을 깨달을 겁니다.

나이가 들수록 자꾸 계산하는 머리만 커지고 가슴은 메말라가면, 과거의 사랑했던 기억이 얼마나 소중한지 깨닫게 될 테니까요.

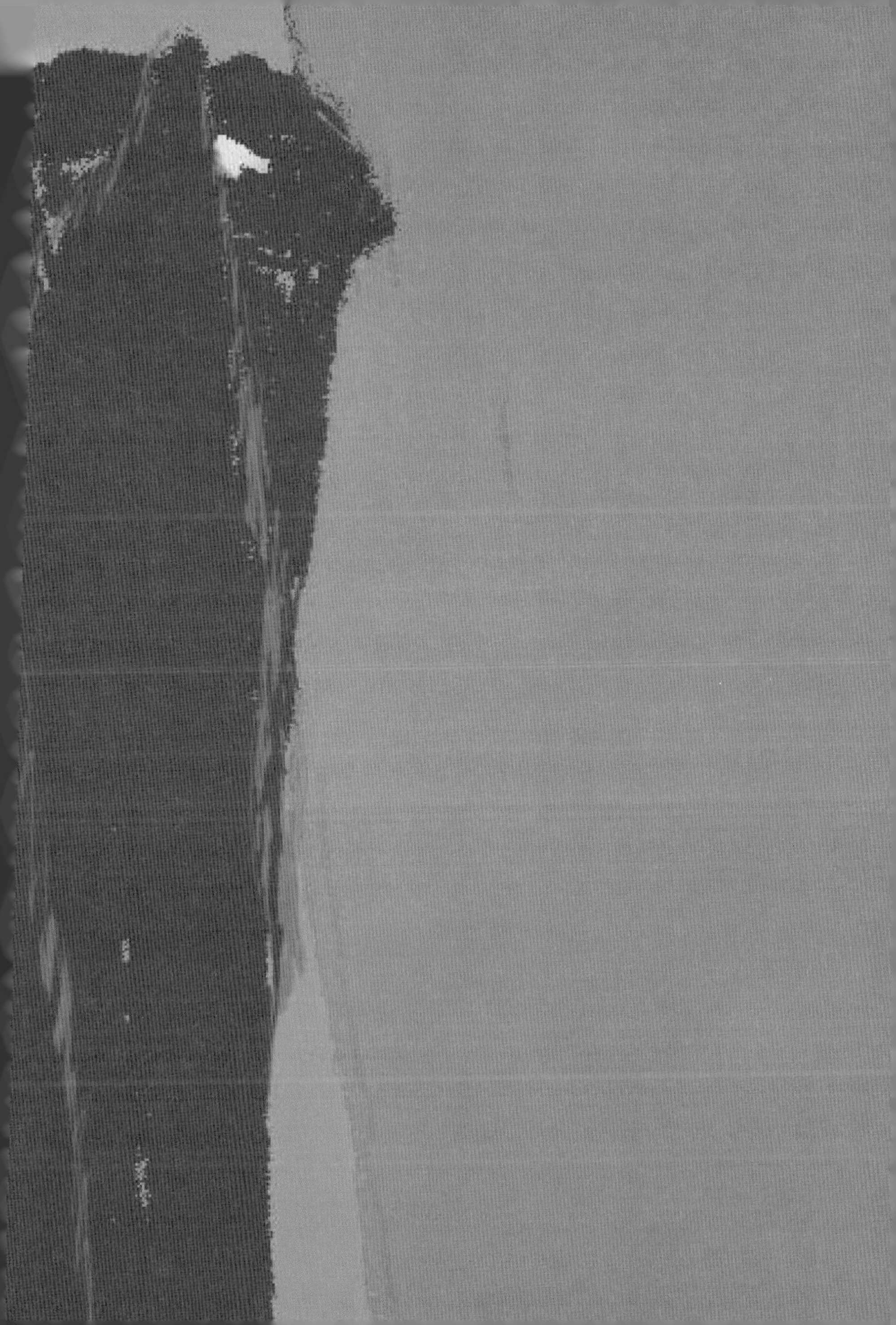

사랑만을 위해 사랑해주세요

If Thou Must Love Me

Elizabeth Barret Browning

If thou must love me, let it be for nought
Except for love's sake only. Do not say
'I love her for her smile—her look—her way
Of speaking gently' .... Neither love me for
Thine own dear pity's wiping my cheeks dry—
A creature might forget to weep, who bore
Thy comfort long, and lose thy love thereby!
But love me for love's sake, that evermore
Thou may'st love on, through love's eternity.

당신이 날 사랑해야 한다면

엘리자베스 배릿 브라우닝

당신이 날 사랑해야 한다면 다른 아무것도 아닌 오직
사랑만을 위해 사랑해주세요. 이렇게 말하지 마세요.
'그녀의 미소와 외모와 부드러운 말씨 때문에
그녀를 사랑해.' 연민으로 내 볼에 흐르는 눈물
닦아주는 마음으로도 사랑하지 마세요.
당신 위로 오래 받으면 우는 걸 잊고
그래서 당신 사랑까지 잃으면 어떡해요.
그저 오직 사랑만을 위해 사랑해주세요. 사랑의
영원함으로 당신이 언제까지나 사랑할 수 있도록.

영국의 여류시인(1806~1861). 신체적 장애가 있었지만 당대의 가장 유명한 시인 중 하나였다. 연하의 시인 로버트 브라우닝과의 아름다운 사랑으로도 유명한데, 39세에 그와 결혼한 뒤로 평생을 피렌체에서 살았다.

측은한 마음이나 연민이 아니라 아무런 조건도 붙지 않는 사랑, 오직 사랑만을 위해서 사랑해달라는 시인— 영문학사상 가장 유명한 로맨스의 주인공입니다. 장애인이자 시한부 인생이었던 엘리자베스 배릿이 주위 사람들의 반대를 무릅쓰고 여섯 살 연하 젊은 시인 로버트 브라우닝의 열렬한 구애를 받아들이며 쓴 시입니다.

또 다른 유명한 시에서 "신이 허락하신다면 죽은 뒤에 당신을 더욱 사랑하겠습니다"라고 말하는 시인, 이승의 시간이 부족해서 죽은 뒤에까지 사랑하겠다는 시인에게 신은 더 많이 사랑할 수 있는 지상에서의 시간을 허락하셔서, 둘은 15년간 행복한 결혼생활을 합니다.

'오직 사랑만을 위한 사랑' 의 힘이 생명의 힘까지 북돋운 것이지요.

당신은 삽으로 사십니까, 숟가락으로 사십니까

The Love Song of J. Alfred Prufrock

T. S. Eliot

....And indeed there will be time
To wonder, "Do I dare?" and, "Do I dare?"
Time to turn back and descend the stair,
with a bald spot in the middle of my hair....
Do I dare
Disturb the universe?
In a minute there is time
For decisions and revisions which a minute will reverse....
For I.... have known the evenings, mornings, afternoons,
I have measured out my life with coffee spoons....

J. 앨프리드 프러프록의 연가

T.S. 엘리엇

정말이지 시간은 있으리라,
"한번 해볼까?" "한번 해볼까?" 하고 생각할.
정수리에 대머리 반점 하나 이고
되돌아서 층계를 내려갈 시간이.
내가 한번
천지를 뒤흔들어볼까?
일분도 시간은 시간이다
결정을 뒤바꾸고 수정할 수 있는 시간.
나는 저녁과 아침과 오후의 일상을 알고 있다.
나는 내 삶을 커피 스푼으로 재왔기에.

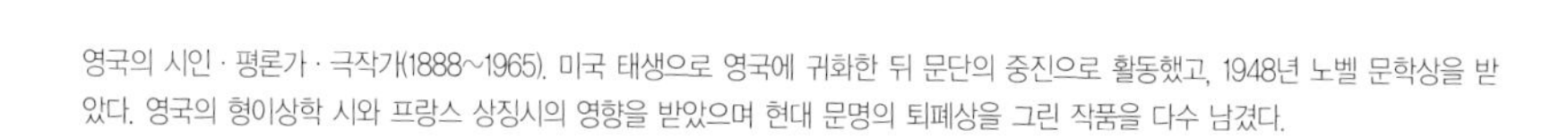
영국의 시인 · 평론가 · 극작가(1888~1965). 미국 태생으로 영국에 귀화한 뒤 문단의 중진으로 활동했고, 1948년 노벨 문학상을 받았다. 영국의 형이상학 시와 프랑스 상징시의 영향을 받았으며 현대 문명의 퇴폐상을 그린 작품을 다수 남겼다.

〈J. 앨프리드 프러프록의 연가〉의 주제는 한마디로 '어느 중년 남자의 연애망상'이라고 할 수 있습니다. 무의미한 나날의 연속, 그러면서도 한 치 여유도 없는 삶, 어느 날 문득 거울을 보니 머리털은 빠지고 팔다리는 가늘어지며 자신만만하던 청년의 모습은 온데간데없습니다. 이 나이에 나도 사랑할 수 있을까? 한껏 멋을 내고 거리로 나가봅니다. 한번 천지를 뒤흔들 일을 해볼까? 그러나 소심한 나는 그저 하루하루 의미 없는 일상을 사는 데에만 익숙할 뿐, 여전히 자신이 없습니다.

남의 인생은 커다란 숟갈로, 아니 삽으로 측량해야 할 만큼 스케일이 크고 멋있고 위대해 보입니다. 그러나 내 삶은 겨우 조그마한 티스푼으로 떠내도 족할 만큼 작고 일상적이고 시시합니다. 하루에도 몇 번씩 천지를 뒤흔들 새로운 시작을 꿈꾸지만, 늘 여지없이 무너지곤 합니다.

하지만 커피 스푼으로 뜨든 삽으로 뜨든 인생은 다 거기서 거기, 한 잔 커피에도 삶의 향기는 있지 않을까요.

술은 입으로, 사랑은 눈으로…

A Drinking Song

William Butler Yeats

Wine comes in at the mouth
And love comes in at the eye;
That's all we shall know for truth
Before we grow old and die.
I lift the glass to my mouth,
I look at you, and I sigh.

음주가

월리엄 버틀러 예이츠

술은 입으로 들어오고
사랑은 눈으로 들어오네.
우리가 늙어서 죽기 전에
알게 될 진실은 그것뿐.
잔 들어 입에 가져가며
그대 보고 한숨 짓네.

아일랜드의 시인 · 극작가(1865~1939). 아일랜드의 전설과 민요를 작품에 폭넓게 수용하여 아일랜드 국민시인으로 불렸다. 20세기 시의 거장으로 평가되며 1923년에 노벨 문학상을 수상했다.

한 잔 먹세그려 또 한 잔 먹세그려.

꽃 꺾어 술잔 세며 한없이 먹세그려.

죽은 후엔 거적에 꽁꽁 묶여 지게 위에 실려 가나,

만인이 울며 따르는 고운 상여 타고 가나 (매한가지)

억새풀, 속새풀 우거진 숲에 한번 가면 […]

그 누가 한 잔 먹자 하겠는가?

무덤 위에 원숭이가 놀러와 휘파람 불 때

뉘우친들 무슨 소용 있겠는가?

송강松江 정철이 읊은 권주가입니다. 어차피 인생은 허무한 것이니 죽고 나서 후회하지 말고 술이나 마시자는 허무주의적 내용이지만, 시의 어조는 사뭇 낭만적이고 풍류적입니다.

예이츠가 노래하는 〈음주가〉의 풍류도 멋집니다. 아름다운 연인을 보며 술 한 잔 마시는 것, 그것이야말로 우리가 죽기 전에 누릴 수 있는 최고의 기쁨입니다. 그대를 보면 사랑이 절로 생기고, 사랑에 '눈뜨면' 이제껏 보이지 않던 것이 보입니다. 작은 풀꽃의 섬세함이, 나뭇잎의 푸른 광휘가, 그대의 미소가 모두 가슴 벅찬 사랑으로 느껴집니다.

사랑이 눈으로 들어오는 이 세상, 아! 멋진 인생입니다.

내 옆에 당신을 두신 神에게 감사합니다

Sonnet 29

William Shakespeare

When, in disgrace with fortune and men's eyes,
I all alone beweep my outcast state,
And trouble deaf heaven with my bootless cries,
And look upon myself, and curse my fate....
With what I most enjoy contented least;
Yet in these thoughts myself almost despising,
Haply I think on thee-and then my state,
Like to the lark at break of day arising
From sullen earth, sings hymns at heaven's gate;
For thy sweet love remembered such wealth brings
That then I scorn to change my state with kings.

소네트 29

윌리엄 셰익스피어

운명과 세인의 눈이 날 천시할 때
나는 혼자 버림받은 신세를 슬퍼하고
소용없는 울음으로 귀머거리 하늘을 괴롭히고,
내 몸을 돌아보고 내 형편을 저주하나니
내가 가진 것에는 만족을 못 느낄 때,
그러나 이런 생각으로 나를 경멸하다가도
문득 그대를 생각하면, 나는
첫 새벽 적막한 대지로부터 날아올라
천국의 문전에서 노래 부르는 종달새.
그대의 사랑을 생각하면 곧 부귀에 넘쳐
내 운명, 제왕과도 바꾸지 아니하노라.

(피천득 옮김)

영국의 시인 · 극작가(1564~1616). 영문학사에서 가장 각광받는 작가로 36편의 희곡과 시 등 불후의 명작을 남겼다. 활동 초기에 역사극을 시작으로 이후 낭만 희극과 비극, 로맨스극을 선보였다.

간혹 내가 싫어집니다. 못생기고 힘없고 아무런 재주도 없는 내가 밉습니다. 희망으로 가득 찬 사람들, 용모가 수려한 사람들, 권세 부리는 사람들 옆에서 나는 너무나 작고 미미한 존재입니다. 하루에도 몇 번씩 주저앉아 포기하고 싶은 마음이 생깁니다.

그러나 내겐 당신이 있습니다. 내 부족함을 채워주는 사람— 당신의 사랑이 쓰러지는 나를 일으킵니다. 내게 용기, 위로, 소망을 주는 당신. 내가 나를 버려도 나를 포기하지 않는 당신. 내 전생에 무슨 덕을 쌓았는지, 나는 정말 당신과 함께할 자격이 없는데, 내 옆에 당신을 두신 신에게 감사합니다. 나를 사랑하는 이가 이 세상에 존재한다는 것, 그것이 내 삶의 가장 커다란 힘입니다.

당신이 존재하는 내 운명, 제왕과도 바꾸지 아니합니다.

여보, 고백할 게 있는데 말야…

This is Just to Say

William Carlos Williams

I have eaten
the plums
that were in
the icebox

and which
you were probably
saving
for breakfast

Forgive me
they were delicious
so sweet
and so cold

다름 아니라

윌리엄 칼로스 윌리엄스

냉장고에
있던 자두를
내가
먹어버렸다오

아마 당신이
아침식사 때
내놓으려고
남겨둔 것일 텐데

용서해요, 한데
아주 맛있었소
얼마나 달고
시원하던지

미국의 시인(1883~1963). 과장된 상징주의를 배제한 '객관주의' 시를 표방했고, 1962년에 퓰리처상을 받았다. 일상의 언어로 엮어낸 5부작 서사시 《패터슨(paterson)》이 유명하다.

이것도 시詩인가 생각할 수 있지만, 아주 유명한 시인의 유명한 시입니다. 아내가 아침 식탁에 내놓으려고 남겨놓았던 자두를 밤에 몰래 냉장고에서 꺼내 먹고 좀 미안한 생각이 들어 쪽지를 적어놓은 모양입니다. 일부러 남겨놓은 줄 알면서도 먹어버린 데 대한 약간의 죄의식, 그러면서도 몰래 먹는 것이어서 더 달고 시원하다고 말하는 품이 마치 몰래 장난쳐놓고 기둥 뒤에 숨어서 엄마를 엿보는 어린아이 같습니다.

아침상에 놓을 것이 없어져서 당황했다 해도 이런 쪽지를 보면 차마 화를 낼 수 없겠지요. 그래서 이렇게 장난기 섞인 고백을 하면 그저 눈 한번 흘기고 웃으며 용서해주리라는 편안함과 믿음이 시에 깔려 있습니다.

사실 시가 별건가요. 공자님은 "생각함에 있어 사악함이 없는 것〔思無邪〕"이 시라고 하셨지요. 이리저리 숨기고 눈치 보는 삶 속에서 한 번쯤 솔직하게 글로 내 착한 마음을 고백해보는 것, 그래서 상대방의 마음도 조금 열어보려고 노력하는 것, 그게 바로 시입니다.

That Love Is All There Is

Emily Dickinson

That Love is all there is,
Is all we know of Love;
It is enough, the freight should be
Proportioned to the groove.

이 세상에는 사랑뿐

에밀리 디킨슨

이 세상에는 사랑밖에 없다는 것,
사랑에 대해 우리가 아는 건 그것뿐.
그러면 됐지. 한데 화물의 무게는 골고루
철길에 나누어져야 한다.

미국의 여류시인(1830~1886). 자연과 사랑, 청교도주의를 배경으로 한 죽음과 영원 등의 주제를 담은 시들을 남겼다. 평생을 칩거하며 독신으로 살았고, 죽은 후에야 그녀가 2,000여 편의 시를 쓴 것이 알려졌다.

사랑에 관해서 독특하게 '화물기차의 비유'를 쓰고 있습니다. 화물의 무게가 철길에 골고루 안배되어야 탈선하지 않고 기차가 잘 달립니다. 사실 따져보면 이 세상에는 사랑이 아주 많습니다. 하지만 가끔 사랑이 많은 곳은 너무 많고, 없는 곳은 너무 없다는 생각을 해봅니다.

우리는 모두 태어날 때 각자 마음속에 사랑 그릇 하나를 품고 나오는 게 아닌지요. 그릇이 넘치도록 너무 많은 사랑을 받으면 나도 모르게 자꾸자꾸 사랑 그릇을 넓혀 사랑받는 걸 당연히 여기고 사랑을 줄 줄 모르는 사람이 될지도 모릅니다. 사랑을 너무 못 받으면 사랑 그릇이 자꾸자꾸 오그라들어 나중에는 마음속 사랑 그릇을 아예 치워버릴지도 모릅니다. 사랑을 줄 수도, 받을 수도 없게 말입니다.

인생기차에 내가 타고 가는 칸에만 사랑을 너무 많이 쌓아놓아 기차가 많이 흔들렸는지도 모르겠습니다. 꼬불꼬불한 삶의 철길 위를 안전하게 달려나가기 위해서는 멀리 보는 마음도 필요할 텐데요.

Which Are You?

Ella Wheeler Wilcox

There are two kinds of people on earth today....
Not the rich and the poor, for to rate a man's wealth,
You must first know the state of his conscience and health.
Not the humble and proud, for in life's little span,
Who puts on vain airs, is not counted a man.
Not the happy and sad, for the swift flying years
Bring each man his laughter and each man his tears.

No; the two kinds of people on earth I mean,
Are the people who lift, and the people who lean....
In which class are you? Are you easing the load,
Of overtaxed lifters, who toil down the road?
Or are you a leaner, who lets others share
Your portion of labor, and worry and care?

당신은 어느 쪽인가요

엘러 휠러 윌콕스

오늘날 세상엔 두 부류의 사람들이 있지요.
부자와 빈자는 아니에요. 한 사람의 재산을 평가하려면
그의 양심과 건강 상태를 먼저 알아야 하니까요.
겸손한 사람과 거만한 사람도 아니에요. 짧은 인생에서
잘난 척하며 사는 이는 사람으로 칠 수 없잖아요.
행복한 사람과 불행한 사람도 아니지요. 유수 같은 세월
누구나 웃을 때도, 눈물 흘릴 때도 있으니까요.

아니죠. 내가 말하는 이 세상 사람의 두 부류란
짐 들어주는 자와 비스듬히 기대는 자랍니다.
당신은 어느 쪽인가요? 무거운 짐을 지고
힘겹게 가는 이의 짐을 들어주는 사람인가요?
아니면 남에게 당신 몫의 짐을 지우고
걱정 근심 끼치는 기대는 사람인가요?

미국의 여류시인 · 작가 · 저널리스트(1850~1919). 어렸을 때부터 대중문학을 탐독했고, 종교적인 시집과 감상적인 이야기 시를 발표한 데 이어 에로틱한 연애시집으로 성공을 거두었다.

한 사람의 재산을 평가하려면 먼저 양심과 건강 상태를 알아야 한다, 짧은 인생 혼자 거들먹거리며 사는 이는 제대로 된 인간이 아니라고 말하는 시인의 지혜가 새삼스럽습니다.

그렇지만 세상 사람들은 짐을 들어주는 자와 남에게 짐을 지우고 기대는 자, 두 부류로 나누어진다는 말은 이해하기 힘듭니다. 우리네 인생살이는 끝없이 이어지는 고리가 아닌가요. 때로는 짐을 지우기도 하고, 또 때로는 대신 짐을 들어주기도 합니다. 아무리 돈과 권력이 많아도 남에게 기대서 도움을 청해야 할 때가 분명 있습니다.

그래서 사람 '인人'은 서로 비스듬히 기대서 받쳐주며 함께 걷는 모습이라고 하지요.

Jenny Kissed Me

Leigh Hunt

Jenny kiss'd me when we met,
Jumping from the chair she sat in;
Time, you thief, who love to get
Sweets into your list, put that in!
Say I'm weary, say I'm sad,
Say that health and wealth have miss'd me,
Say I'm growing old, but add,
Jenny kiss'd me.

제니가 내게 키스했다

리 헌트

우리 만났을 때 제니가 내게 키스했다.
앉아 있던 의자에서 벌떡 일어나 키스했다.
달콤한 순간들을 가져가기 좋아하는
시간, 너 도둑이여, 그것도 네 목록에 넣어라!
나를 가리켜 지치고 슬프다고 말해도 좋다.
건강과 재산을 가지지 못했다고 말해도 좋고,
나 이제 점점 늙어간다고 말해도 좋다. 그렇지만,
제니가 내게 키스했다는 것, 그건 꼭 기억해라.

영국의 시인 · 수필가 · 정치가(1784~1859). 바이런, 셸리 등의 시인과 함께 활동했고 정치 개혁에도 적극 참여했다.

“시간, 너 도둑이여”라는 외침이 미몽을 깨웁니다. 화살처럼 빠르게 흘러가는 세월 속에서 우리는 젊음과 기력, 꿈과 야망을 잃어갑니다. 아니, 하나둘씩 속수무책으로 빼앗깁니다. 그리고 우리 삶의 모든 순간들을 기록하는 시간 속에서 종종 아름답고 달콤한 추억은 어렵고 힘든 추억에 가려집니다.

하지만 시인은 이 순간만은, 예기치 않게 제니가 벌떡 일어나 자기에게 키스했던 그 놀랍고 황홀했던 순간만은 절대로 잊지 않을 것이라고 다짐합니다. 속절없이 흐르는 시간을 막을 수는 없지만, 가슴속에 남는 아름다운 추억 하나는 덧없는 세월의 허무감을 물리치게 합니다. 황홀한 키스도 좋지만 누군가의 고마운 격려 한 마디, 예쁜 눈짓, 환한 미소, 이렇게 작지만 소중한 순간들을 마음속에 꼭꼭 담아두는 일만이 시간도둑에게 이기는 방법입니다.

꿈이나마 그대 위해 깔아드리리

He Wishes for the Cloths of Heaven

William Butler Yeats

Had I the heaven's embroidered cloths
Enwrought with golden and silver light
The blue and the dim and the dark cloths
Of night and light and the half-light,
I would spread the cloths under your feet:
But I, being poor, have only my dreams;
I have spread my dreams under your feet;
Tread softly because you tread on my dreams.

그는 하늘의 천을 소망한다

윌리엄 버틀러 예이츠

내게 금빛 은빛으로 수 놓인
하늘의 천이 있다면,
밤과 낮과 어스름으로 물들인
파랗고 희뿌옇고 검은 천이 있다면,
그 천을 그대 발밑에 깔아드리련만.
허나 나는 가난하여 가진 것이 꿈뿐이라
내 꿈을 그대 발밑에 깔았습니다.
사뿐히 밟으소서, 그대 밟는 것 내 꿈이오니.

아일랜드의 시인 · 극작가(1865~1939). 아일랜드의 전설과 민요를 작품에 폭넓게 수용하여 아일랜드 국민시인으로 불렸다. 20세기 시의 거장으로 평가되며 1923년에 노벨 문학상을 수상했다.

소월의 〈진달래꽃〉 가운데 "가시는 걸음걸음 놓인 그 꽃을 사뿐히 즈려밟고 가시옵소서"와 이미지가 같다고 해서 우리에게 잘 알려진 시입니다. 이미지의 '표절' 이야기도 있습니다. 예이츠가 금빛 은빛으로 화려한 '하늘의 천'을 못 주는 대신 자신의 소중한 꿈을 사랑하는 임에게 바치는 모습, 그리고 소월이 자기를 버리고 떠나는 임에 대한 원망과 함께 축원의 마음으로 진달래꽃을 따다 한 아름 임의 발아래 까는 모습이 비슷하기도 합니다.

그렇지만 소월이 〈진달래꽃〉을 쓰기 전에 이 시를 읽은 적이 있는지, 그래서 이미지가 비슷해졌는지, 그런 것은 별로 중요하지 않습니다. 중요한 것은 동서양을 막론하고 사랑하는 사람에게 자신이 갖고 있는 최상의 것을 바치고 싶은 마음, 가장 낮은 자세로 자신을 내어놓는 그 마음이 같다는 것입니다.

2… 사랑은 시간을 필요로 합니다. 화려하게 휘리릭 피어나는 꽃 같은 사랑은 잠시 얼굴에 미소를 띠게 하지만, 오랜 인내와 희생, 기다림을 견디는 사랑은 마음속 깊이 뿌리내립니다. 너무 크게, 너무 많이 보이는 것도 진정한 사랑이 아닐지 모릅니다. 천천히 그리고 조금씩 깊어지고 커지는 사랑이야말로 사랑의 참맛을 느끼게 하지 않을까요.

내 곁의 바로 그 사람

Funeral Blues

W. H. Auden

He was my North, my South, my East and West,
My working week and my Sunday rest,
My noon, my midnight, my talk, my song;
I thought that love would last for ever; I was wrong.
The stars are not wanted now: put out every one;
Pack up the moon and dismantle the sun;
Pour away the ocean and sweep up the wood.
For nothing now can ever come to any good.

슬픈 장례식

W. H. 오든

그는 나의 북쪽이며, 나의 남쪽, 나의 동쪽과 서쪽이었고
나의 노동의 나날이었고 내 휴식의 일요일이었고
나의 정오, 나의 한밤중, 나의 언어, 나의 노래였습니다.
사랑은 영원히 계속될 줄 알았지만, 그게 아니었습니다.
지금 별들은 필요 없습니다. 다 꺼버리세요.
달을 싸서 치우고 해를 내리세요.
바닷물을 다 쏟아버리고 숲을 쓸어버리세요.
지금은 아무것도 소용이 없으니까요.

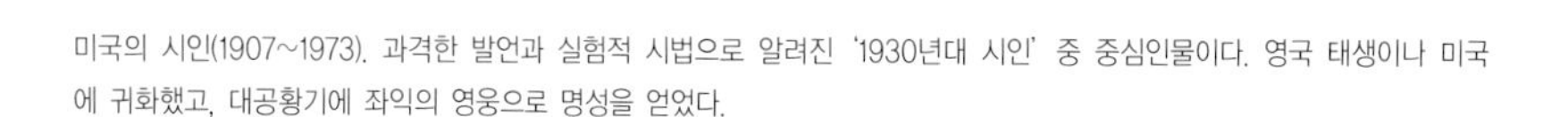

미국의 시인(1907~1973). 과격한 발언과 실험적 시법으로 알려진 '1930년대 시인' 중 중심인물이다. 영국 태생이나 미국에 귀화했고, 대공황기에 좌익의 영웅으로 명성을 얻었다.

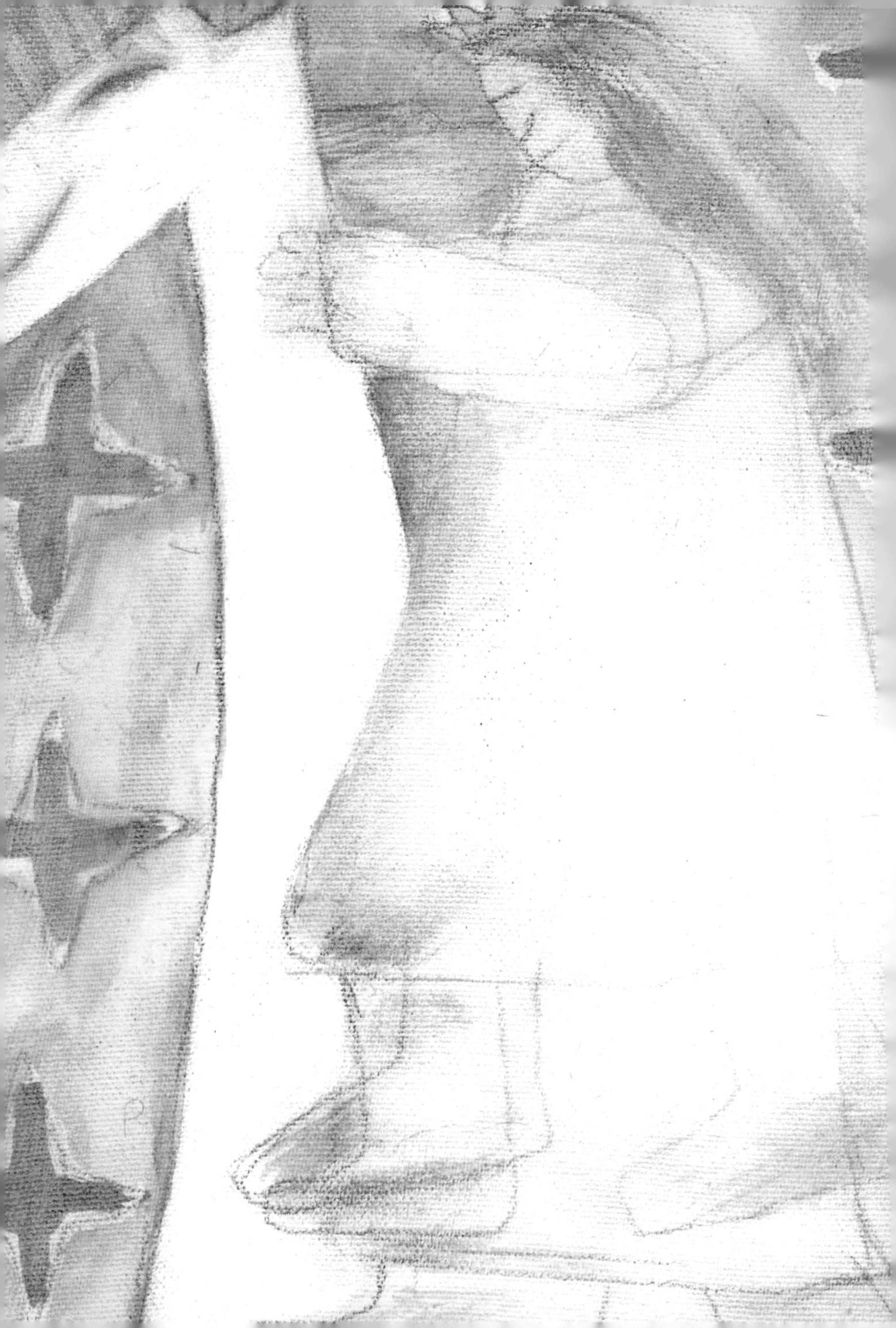

사랑하는 사람이 세상을 떠났습니다. 나의 세계, 나의 우주가 사라졌습니다. 그런데도 마치 아무 일 없었다는 듯, 해가 뜨고 별이 나오고 전과 같이 돌아가는 세상이 이상하고 야속합니다. 그가 없는데, 별도 해도 바다도 숲도 다 소용없습니다. '이제 하늘나라에서 평안하시다' 는 말로 위로하려고 하지 마십시오. 그가 이 세상에, 내 옆에 없다는 사실만이 중요합니다. 이제는 그의 목소리를 들을 수 없고 그의 손을 만질 수 없다는 사실만이 억울합니다.

우리는 늘 너무 늦게야 깨닫습니다. 사랑은 영원히 계속되는 것이 아니라는 걸…. 언젠가는 운명으로 이별해야 한다는 걸….

그래서 바로 지금, 여기의 사랑이 그만큼 소중하다는 걸….

The Night Has a Thousand Eyes

Francis W. Bourdillon

The night has a thousand eyes,
The day but one;
Yet the light of the bright world dies
With the dying sun.

The mind has a thousand eyes,
And the heart but one;
Yet the light of a whole life dies
When its love is done.

밤엔 천 개의 눈이 있다

프랜시스 W. 부르디옹

밤엔 천 개의 눈이 있고
낮엔 오직 하나.
하지만 밝은 세상의 빛은
해가 지면 사라져버린다.

정신엔 천 개의 눈이 있고
마음엔 오직 하나.
하지만 삶의 빛줄기는
사랑이 끝나면 꺼져버린다.

영국의 시인 · 번역가(1852~1921). 모두 500여 편, 13권의 시집을 남겼는데 그 중 여기에 실린 시로 유명세를 얻었다.

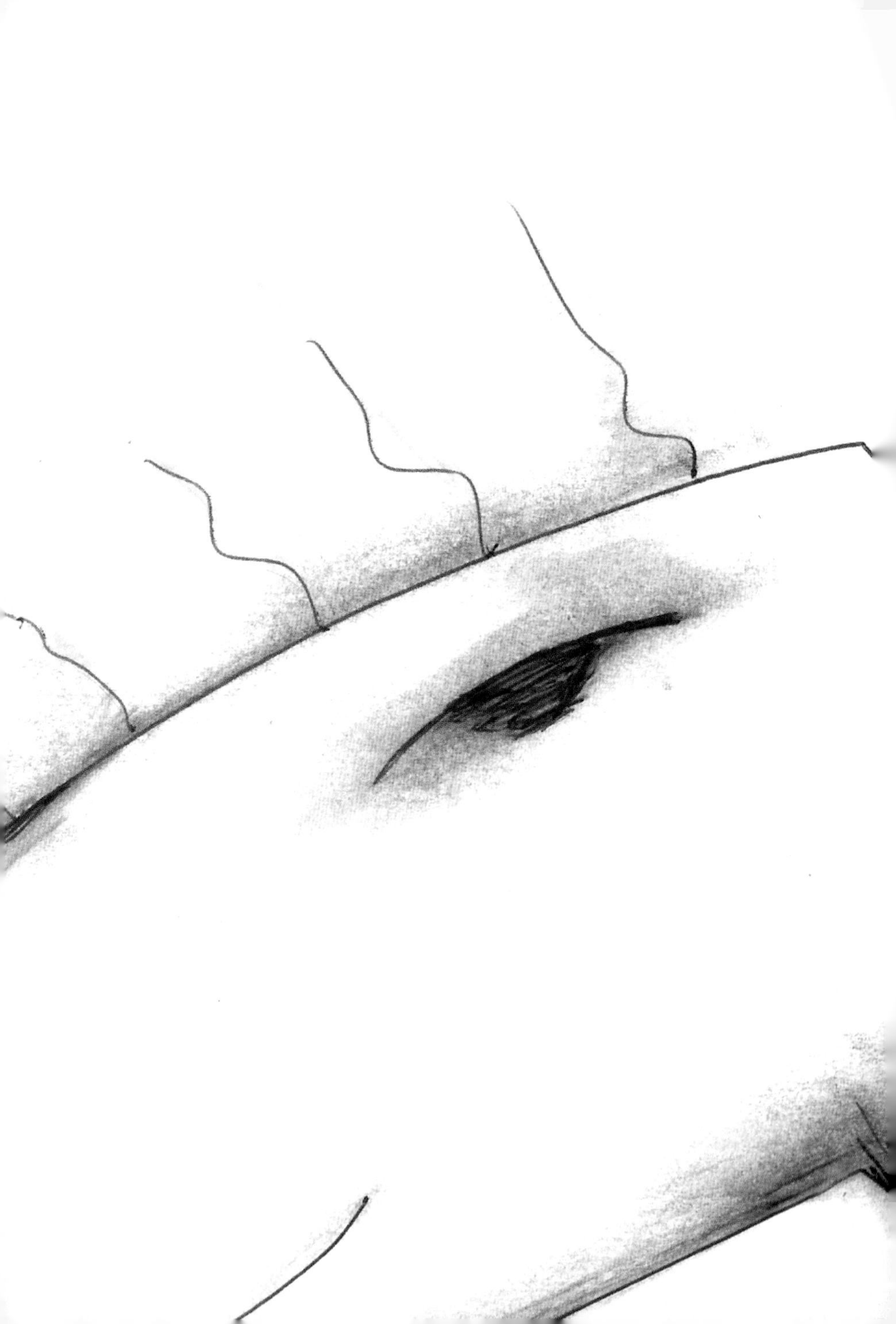

별이 아무리 많아도 하나뿐인 태양만큼 밝지 못합니다. 아무리 많은 사람을 알아도 단 한 사람을 진정으로 아는 것만큼 삶에 기쁨과 의미를 주지 못합니다. 우리의 머리는 마치 천 개의 눈이 있는 것처럼 이리저리 영악스럽게 따지면서 동시에 여러 군데를 바라볼 수 있지만, 마음은 바보처럼 오직 한 군데만 볼 줄 압니다.

찰리 채플린의 말이 생각납니다. "우나 오닐을 좀더 일찍 만났더라면 나는 사랑을 찾아 헤매는 일은 없었을 것이다. 세상 단 한 사람에게만 느낄 수 있는 것, 그것이 사랑이다." 단 하나인 마음의 눈이 해바라기할 수 있는 오직 한 사람, 내 삶에 빛을 줄 그 사람을 만나는 것은 큰 행운입니다.

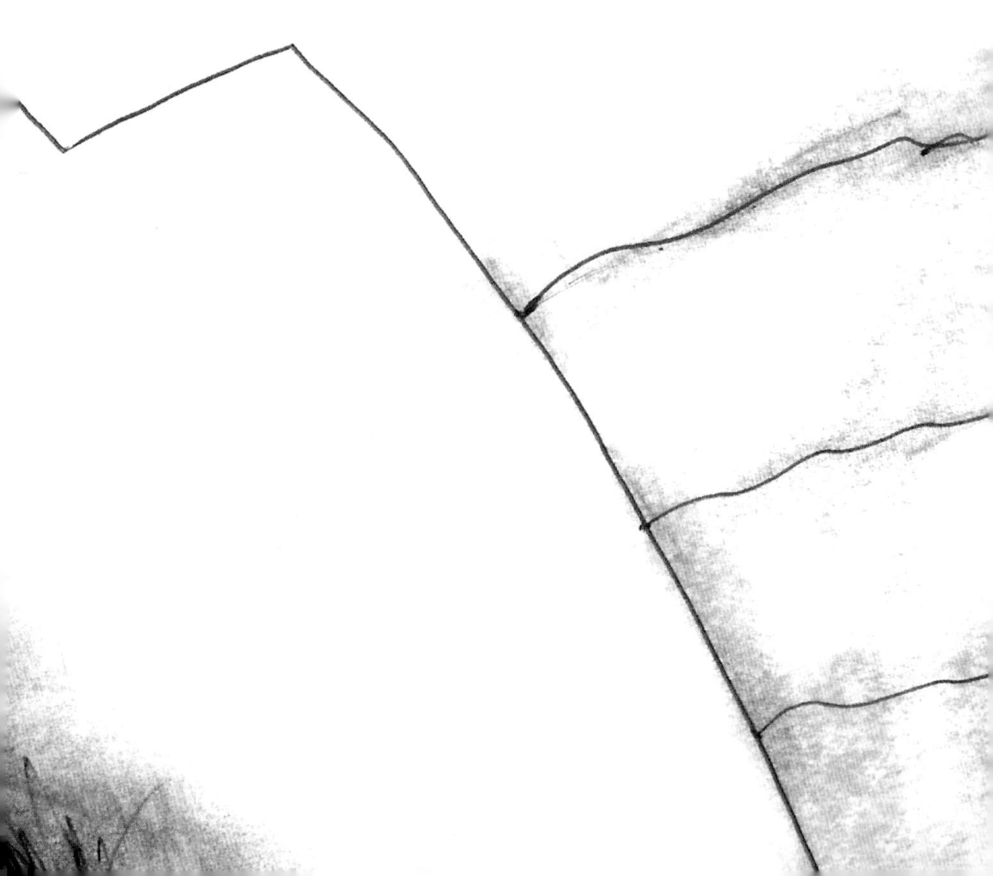

A Red, Red Rose

Robert Burns

O My Luve's like a red, red rose,
That's newly sprung in June;
O My Luve's like the melodie
That's sweetly played in tune....

Till a' the seas gang dry, my dear,
And the rocks melt wi' the sun;
O I will love thee still, my dear,
When the sands o' life shall run....

새빨간 장미

로버트 번스

오, 내 사랑은 6월에 갓 피어난
새빨간 장미 같아라.
오, 내 사랑은 곡조 따라
감미롭게 울리는 가락 같아라.

바다란 바다가 다 마를 때까지, 내 사랑아
바위가 태양에 녹아 없어질 때까지
오, 그대 영원히 사랑하리라, 내 사랑아
내게 생명이 있는 동안은.

영국의 시인(1759~1796). 각지의 농장을 돌아다니며 농사를 짓는 틈틈이 옛 시와 민요를 익혔다. 스코틀랜드 서민의 소박하고 순수한 감정을 표현하여 스코틀랜드의 국민시인으로 사랑받고 있다.

"니들이 사랑을 알아?"

서울역에 잠깐 앉아 있는데 뒷좌석에서 부자父子인 듯한 두 사람이 사랑론을 펼치고 있습니다.

"그 여자 집 밖에서 창문 바라보며 열 시간 있어봤어? 찻집에서 오지 않는 그녀를 다섯 시간 기다려봤어?"

"치, 그게 스토킹이지 무슨 사랑이에요."

"그녀 앞에선 내가 발가락의 때만도 못하게 느껴지는 것, 그게 바로 사랑이야."

"바다가 다 마를 때까지, 바위가 태양에 녹아 없어질 때까지 그대를 사랑한다"는 시행은 우리 학생들 작문책에 과장법의 예로 나옵니다. 하지만 사랑하는 마음 자체가 과장법 아닌가요. 심장이 자꾸 부풀어 올라 터질 것 같고, 그 사람이 나보다 훨씬 커 보이고, 이 세상이 실제보다 훨씬 더 아름다워 보이고, 내 마음이 끝없이 커져 이 세상 모든 게 용서되는 것, 그게 바로 사랑 아닌가요.

Tears, Idle Tears

Alfred Lord Tennyson

Tears, idle tears, I know not what they mean,
Tears from the depth of some divine despair
Rise in the heart, and gather to the eyes,
In looking on the happy Autumn-fields,
And thinking of the days that are no more

Dear as remembered kisses after death,
And sweet as those by hopeless fancy feigned
On lips that are for others; deep as love,
Deep as first love, and wild with all regret;
O Death in Life, the days that are no more!

눈물이, 덧없는 눈물이

앨프리드 테니슨 경

눈물이, 덧없는 눈물이, 까닭 없이
거룩한 절망의 심연으로부터
가슴으로 올라와 눈에 고이네.
행복한 가을 들판 바라보며
가버린 나날들을 생각하네.

죽은 뒤 생각나는 키스처럼 다정하고
다른 이를 기다리는 입술에 허망하게 해보는
상상 속의 키스처럼 감미로워라. 사랑처럼,
첫사랑처럼 깊고 오만 가지 회한으로 소용돌이치는
아, 삶 속의 죽음이여, 가버린 날들이여!

영국의 시인(1809~1892). W. 워즈워스의 뒤를 이어 계관시인이 되었다. 〈사우보思友譜(In Memoriam)〉(1850)가 걸작으로 꼽히고, 여왕으로부터 작위를 받아 빅토리아 시대의 국보적 존재가 되었다.

가버린 나날들에 대한 회한 때문에 시인은 덧없는 눈물을 흘립니다. 이제는 돌이킬 수 없는 아름다운 과거는 안타깝고 슬프기만 합니다. 그때 이렇게 했더라면, 아니 저렇게 했더라면 사랑을 잃지 않았을 텐데…. 온갖 회한으로 시인은 삶 속에서도 죽음을 맛봅니다. 하지만 시인은 〈사우보思友譜(In Memoriam)〉라는 시에서 "사랑하다 잃은 것이 아예 사랑하지 않은 것보다 낫다(T'is better to have loved and lost than never to have loved at all)"고 말합니다. 돌이킬 수 없어 슬퍼도, 잡을 수 없어 안타까워도, 사랑의 추억은 아름답다고 말입니다.

설사 버림받았다 할지라도 사랑하지 않은 것보다 사랑한 것이 낫듯이, 후회로만 가득 찬 내 삶이지만 그래도 이 세상에 태어나서 살아본 것이 살아보지 않은 것보다 훨씬 낫다는 생각을 해봅니다.

You And I

Henry Alford

We ought to be together—you and I;
We want each other so, to comprehend
The dream, the hope, things planned, or seen, or wrought.
Companion, comforter and guide and friend,
As much as love asks love, does thought ask thought.
Life is so short, so fast the lone hours fly,
We ought to be together, you and I.

그대와 나

헨리 앨포드

우리는 함께여야 합니다. 그대와 나
우리는 서로를 너무나 원합니다. 꿈과 희망,
계획하고 보고 이루어내는 것들을 이해하기 위해.
동반자여, 위안자여, 친구이자 내 삶의 안내자
사랑이 사랑을 부르는 만큼 생각이 생각을 부릅니다.
인생은 너무 짧고, 쓸쓸한 시간은 쏜살같이 지나갑니다.
그대와 나, 우리는 함께여야 합니다.

영국의 시인·신학자(1810~1871). 신학교를 졸업하고 1857년에 켄터베리 대성당의 교무원장이 되어 거기서 일생을 마쳤다. 《오디세이》를 번역하는 등 정력적이고 다양한 활동을 펼쳤으며, 많은 찬송가를 작사·작곡한 것으로도 알려져 있다.

장가가는 제자에게 선물로 준 시입니다.

어렸을 적 옆집 할머니께서 말씀하셨습니다. “우리가 태어나기 전에 삼신할머니는 아주 가느다란 보이지 않는 실 한쪽 끝은 남자아기 새끼발가락에, 또 다른 쪽은 여자아기 새끼발가락에 매어놓는단다. 둘은 무슨 일이 있어도, 서로 지구 끝에 산다 해도 만나게 되고, 그리고 사랑을 하게 된단다.”

그 사람과 나, 꼭 함께해야 하는 사람들입니다. 꿈을 갖는 것도 희망을 갖는 것도 그 사람과 함께여야 합니다. 다른 그 누구도 아닌, 꼭 그 사람이어야 합니다. 함께 손잡은 두 사람, 이제 서로에게 삶의 안내자가 된다는 것은 얼마나 아름다운 일인가요.

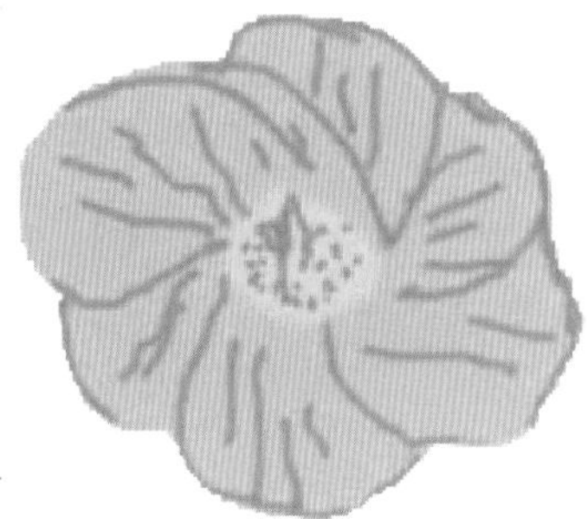

Love in the Open Hand

Edna St. Vincent Millay

....Love in the open hand, nothing but that,
Ungemmed, unhidden, wishing not to hurt,
As one should bring you cowslips in a hat
Swung from the hand, or apples in her skirt,
I bring you, calling out as children do:
"Look what I have!—and these are all for you."

활짝 편 손으로 사랑을

에드너 St. 빈센트 밀레이

활짝 편 손에 담긴 사랑, 그것밖에 없습니다.
보석 장식도 없고, 숨기지도 않고, 상처 주지 않는 사랑,
누군가 모자 가득 앵초풀꽃을 담아 당신에게
불쑥 내밀듯이, 아니면 치마 가득 사과를 담아 주듯이,
나는 당신에게 그런 사랑을 드립니다. 아이처럼 외치면서.
"내가 무얼 갖고 있나 좀 보세요! 이게 다 당신 거예요!"

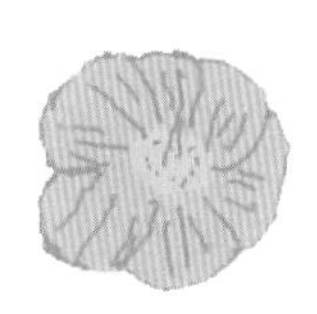

미국의 여류시인 · 극작가(1892~1950). 소네트 형식의 시에서 진가를 발휘한 서정시인이다. 대담할 정도의 관능적 표현과 시대정신에 걸맞은 새로운 자유와 모럴을 생활 속에서 실천했다.

이 시는 "내 사랑은 진주로 멋지게 장식되고 루비, 사파이어로 값비싼 은銀상자에 담긴 사랑, 꼭꼭 잠가놓고 열쇠는 빼고 주는 그런 사랑이 아닙니다"라는 말로 시작됩니다. 거절당하지는 않을까, 밑지는 것은 아닐까, 상처받으면 어쩌나, 주먹 꼭 움켜쥐고 줄까 말까 감질나게 하는 그런 사랑이 아니라, 두 손을 활짝 펴서 남김없이 다 주는 사랑입니다. 치마 가득 사과를 담아 내미는 소녀의 마음처럼, 사랑은 원래 그렇게 예쁘고 꾸밈없는 것이니까요.

이제 곧 풀꽃 냄새, 사과 향기 가득한 계절이 오면 우리도 두 주먹 움켜쥔 전시용 사랑, 장식용 사랑이 아니라 활짝 편 손 안에 듬뿍 주는 진짜 사랑을 할 수 있을까요?

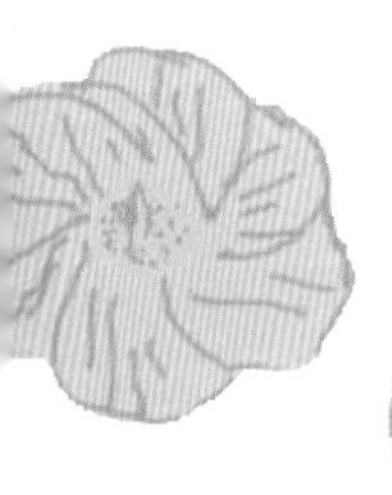
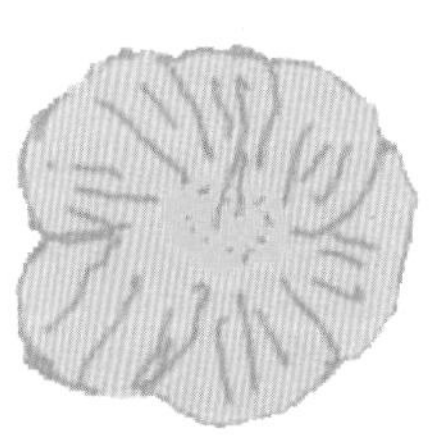

장미 한 송이와 리무진 한 대

One Perfect Rose

Dorothy Parker

A single flower he sent me, since we met.
All tenderly his messenger he chose;
Deep-hearted, pure,
with scented dew still wet—
One perfect rose
Why is it no one ever sent me yet
One perfect limousine, do you suppose?
Ah no, it's always just my luck to get
One perfect rose.

더없이 아름다운 장미 한 송이

도로시 파커

우리 처음 만난 뒤 그가 보내준 한 송이 꽃
그인 참 알뜰하게도 사랑의 메신저 골랐네.
속 깊고, 순수하고,
향기롭게 이슬 머금은
정말 아름다운 장미 한 송이.
한데 왜일까요? 왜 내겐 아직 아무도
정말 아름다운 리무진 보내는 이 없을까요?
아, 아네요. 고작 장미나 받는 게 내 운이죠.
정말 아름다운 장미 한 송이.

미국의 여류시인 · 작가 · 비평가(1893~1967). 드라마 비평가로 활약하다가 신랄한 독설로 많은 물의를 일으켰다. 위트와 냉소가 가득한 작품들을 남겼고, 유태인이지만 흑인들로부터 존경받았다.

시인은 사랑이 감상만으로 되는 것이 아니라고, 사랑의 정표로 아름다운 장미 한 송이보다는 아름다운 리무진 한 대를 받고 싶다고 투정합니다.

독일 시인 릴케가 파리에서 지낼 때 이야기입니다. 산책길에 매일 동전을 구걸하는 할머니가 있었습니다. 어느 날 릴케가 동전 대신 갖고 있던 장미 한 송이를 건네자, 할머니는 릴케의 뺨에 키스했습니다. 그러고 나서 며칠 동안 할머니가 보이지 않았습니다. 할머니가 다시 나오자 친구가 물었습니다.

"돈이 없어 할머니가 그동안 어떻게 살았을까?"

그러자 릴케가 답했습니다. "장미의 힘으로!"

제가 살아보니까 삶은 이거냐 저거냐의 선택이지 결코 '둘 다'가 아닙니다. 사랑 담긴 장미 한 송이가 나을까요, 사랑 없는 리무진 한 대가 나을까요?

i carry your heart with me

e. e. cummings

i carry your heart with me (i carry it in
my heart) i am never without it
(anywhere i go you go, my dear;
and whatever is alone by only me is your doing, my darling)
i fear no fate (for you are my fate, my sweet) i want
no world (for beautiful you are my world, my true)
and it's you are whatever a moon has always meant
and whatever a sun will always sing is you....

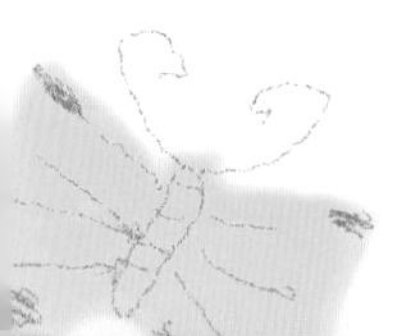

나는 당신의 마음을 지니고 다닙니다

e. e. 커밍스

나는 당신의 마음을 지니고 다닙니다 (내 마음속에
지니고 다닙니다) 한 번도 내려놓을 때가 없습니다
(내가 가는 곳은 어디든 당신도 가고
나 혼자 하는 일도 당신이 하는 겁니다. 그대여)
나는 운명이 두렵지 않습니다 (임이여, 당신이
내 운명이기에) 나는 세계가
필요하지 않습니다 (진실된 이여, 아름다운 당신이 내 세계이기에)
이제껏 달의 의미가 무엇이든 그게 바로 당신이요
해가 늘 부르게 될 노래가 바로 당신입니다

미국의 시인 · 소설가(1894~1962). 모더니즘 계통의 실험적 시를 썼으며, 시에 대문자를 사용하지 않고 구두점을 생략한 것으로 잘 알려져 있다.

당신은 나의 운명, 당신은 나의 세계…. 유행가 가사도, 유명한 시인도 같은 말을 합니다.

사랑의 기본 원칙은 내 삶 속에서 상대방의 존재 가치를 인정하는 것입니다. 아니, 어딜 가나 무엇을 하나 내 안에 그를 안고 다니는 겁니다. 에리히 프롬은 《사랑의 기술》이라는 책에서 "미성숙한 사랑은 '당신이 필요해서 당신을 사랑합니다' 라고 말하고, 성숙한 사랑은 '당신을 사랑해서 당신이 필요합니다' 라고 말한다" 고 했습니다.

e. e. 커밍스는 시에 대문자를 쓰지 않습니다. 자신의 이름은 물론, 영어에서 대문자로만 통용되는 'I' 도 소문자 'i' 로 사용합니다. 내가 다른 사람보다 더 중요하지 않다는 뜻이라고 합니다. 진정한 사랑은 그런 마음에서 시작되지 않을까요.

사랑하므로 그 사람이 꼭 필요해서 '나와 당신' 이 아니라 '나의 당신' 이라고 부르게 되는 것, 그게 사랑입니다.

가던 길 멈춰 서서

Leisure

W. H. Davies

What is this life if, full of care,
We have no time to stand and stare
No time to stand beneath the boughs
And stare as long as sheep or cows
No time to see, when woods we pass,
Where squirrels hide their nuts in grass.
No time to see, in broad daylight,
Streams full of stars,
like skies at night.

여유

W. H. 데이비스

무슨 인생이 그럴까, 근심에 찌들어
가던 길 멈춰 서 바라볼 시간 없다면
양이나 젖소들처럼 나무 아래 서서
쉬엄쉬엄 바라볼 틈 없다면
숲속 지날 때 다람쥐들이 풀숲에
도토리 숨기는 걸 볼 시간 없다면
한낮에도 밤하늘처럼 별이 총총한
시냇물을 바라볼 시간이 없다면.

영국의 시인(1871~1940). 불우한 성장기를 보낸 뒤 금맥이 터졌다는 소문을 듣고 미국으로 가지만 사고를 당해 무릎 위까지 절단했다. 외다리로는 걸인생활을 하기 힘들어지자 시인이 되었고, 이후 '걸인시인'으로 명성을 얻었다.

시인이 볼 때 우리는 분명 가던 길 멈춰 서서 바라볼 시간이 전혀 없는 딱한 인생을 살고 있습니다. 조금 더 높은 자리, 조금 더 넓은 집, 조금 더 많은 연봉을 좇아 전전긍긍 살아가며, 1억이든 2억이든 통장에 내가 목표한 액수가 모이면 그때는 한가롭게 여행도 가고 남을 도우며 이런 저런 봉사도 하면서 살리라 계획합니다.

인생이 공평한 것은, 그 누구에게도 내일이 보장되어 있지 않다는 겁니다. 어느 날 문득 가슴에 멍울이 잡힌다면, 아픈 심장을 부여잡고 쓰러진다면, 그때는 이미 늦은 건지도 모릅니다. 길을 가다가 멈춰 서서 파란 하늘 한 번 쳐다보는 여유, 투명한 햇살 속에 반짝이는 별꽃 한 번 바라보는 여유, 작지만 큰 여유입니다.

The Tea Shop

Ezra Pound

The girl in the tea shop
Is not so beautiful as she was,
The August has worn against her.
She does not get up the stairs so eagerly;
Yes, she also will turn middle-aged.
The glow of youth that she spread about us
As she brought us our muffins
Will be spread about us no longer.
She also will turn middle-aged.

찻집

에즈라 파운드

찻집의 저 아가씨
예전처럼 그리 예쁘지 않네.
그녀에게도 8월이 지나갔네.
층계도 전처럼 힘차게 오르지 않고.
그래, 그녀도 중년이 될 테지.
우리에게 머핀을 갖다 줄 때
주변에 풍겼던 그 젊음의 빛도
이젠 풍겨줄 수 없을 거야.
그녀도 중년이 될 테니.

미국의 시인(1885~1972). 신문학 운동의 중심이 되었고 동서양의 문학에 조예가 깊었다. 상징파의 애매한 표현을 싫어했다. 2차 대전 중 반미활동 혐의로 정신병원에 연금되었다가 풀려난 뒤 이탈리아에서 살았다.

중년 남자가 단골 찻집에 혼자 앉아 있습니다. 문득 그 생기발랄하던 찻집 아가씨의 동작이 조금 느려지고 얼굴에는 삶의 그림자가 드리웠다는 걸 느낍니다. 그녀도 자신과 같이 중년이 된다는 사실이 새삼 놀랍고도 슬픕니다.

삶을 열두 달로 나눈다면 8월은 언제쯤일까요. 서른다섯? 마흔? 6월과 7월, 청춘의 야망은 이제 가슴속에 추억으로 담은 채 조금씩 순명順命을 배워가는 나이입니다. 삶의 무게를 업고 위태롭게 줄타기를 하는 때입니다. 자꾸 커지는 세상에 나는 끝없이 작아지고, 밤에 문득 눈을 뜨면 앞으로 살아내야 할 삶이 무섭습니다.

그러나 인생의 8월은 이제 자아탐색의 치열한 여름을 보내고 세상을, 그리고 남을 조금씩 이해하는 성숙의 가을이 시작되는 때입니다.

To Science

Edgar Allan Poe

Science! true daughter of old Time thou art!
Who alterest all things with thy peering eyes.
Why preyest thou thus upon the poet's heart,
Vulture, whose wings are dull realities?....
Hast thou not torn the Naiad from her flood,
The elfin from the green grass, and from me
The summer dream beneath the tamarind tree?

과학에게

에드거 앨런 포

과학이여! 너는 과연 해묵은 시간의 딸이구나!
노려보는 그 눈으로 모든 것을 바꿔버리는구나.
지루한 현실의 날개를 가진 독수리야,
넌 왜 그리 시인의 가슴을 파먹는 것이냐?
너는 물의 요정을 강으로부터 떼어내고,
꼬마 요정을 푸른 풀밭에서 떼어내고, 내게서
타마린드 나무 밑의 여름 꿈을 뺏어가지 않았느냐?

미국의 시인 · 소설가 · 비평가(1809~1849). 빈곤과 알코올중독, 정신착란 속에서 불우한 생애를 보냈다. 공포, 우울, 환상을 소재로 한 특이한 낭만적 작풍으로 근대 문학에 지대한 영향을 끼쳤으며, 탐정소설의 창시자이기도 하다.

시인은 때로는 과학이 심미적 가치를 말살시킬 수 있다고 말합니다. 자로 재고, 숫자로 계산하고, 물리적 현상을 분석하고, 정확한 원인과 결과를 따지는 과학적 사실이 꼭 진리는 아니라고 말입니다.

요가의 기본 원칙은 의도적으로 몸이 익숙하지 않은 자세를 취해 몸의 균형을 잡는 것이라고 합니다. 마음도 균형이 필요합니다. 숫자, 공식, 계산, 계약, 현상적 논리에 익숙한 마음이라면 하루에 좋은 시 한 편 읽고 아름다운 음악과 그림을 찾는 마음의 요가가 필요합니다. 몸의 웰빙 못지 않게 마음과 영혼의 웰빙도 중요하니까요.

가끔은 '지루한 현실의 날개'를 접고, 물의 요정을 강으로, 풀의 요정을 풀밭으로 돌려보내야 합니다.

Trees

Joyce Kilmer

I think that I shall never see
A poem lovely as a tree.

A tree whose hungry mouth is prest
Against the earth's sweet flowing breast;

A tree that looks to God all day,
And lifts her leafy arms to pray....

Upon whose bosom snow has lain;
Who intimately lives with rain.

Poems are made by fools like me,
But only God can make a tree.

나무

조이스 킬머

내 결코 보지 못하리
나무처럼 아름다운 시를.

단물 흐르는 대지의 가슴에
굶주린 입을 대고 있는 나무.

온종일 하느님을 바라보며
잎 무성한 두 팔 들어 기도하는 나무.

눈은 그 품 안에 쌓이고
비와 정답게 어울려 사는 나무.

시는 나 같은 바보가 만들지만
나무를 만드는 건 오직 하느님뿐.

미국의 시인(1886~1918). 첫 시집은 아일랜드 시인들의 영향을 받았지만 가톨릭으로 개종한 뒤 형이상학파 시인들을 본받았다. 1913년 뉴욕 타임스에 입사했고 1차 대전 중에 전사했다.

때로는 나무가 꽃보다 더 아름답다는 생각을 해봅니다. 화려하지 않아도 자기가 서 있어야 할 자리에서 묵묵히 풍파를 견뎌내는 인고의 세월이, 향기롭지 않지만 두 팔 들어 기도하며 세상을 사랑으로 껴안는 겸허함이 아름답습니다. 하늘과 땅을 연결하고, 달이 걸리고 해가 뜨는 나무는 오직 신만이 지을 수 있는 아름다운 시詩입니다.

'주목나무' 라는 나무가 있습니다. 뿌리가 약해서 물을 잘 흡수하지 못해 표피가 아주 단단하고, 오직 스스로의 노력으로 천 년을 산다고 합니다. 그런 나무 한 그루를 내 마음속에 심고 싶습니다. 그 강인함과 생명의 의지를 배우고 싶습니다.

A Favorite Recipe

Helen Steiner Rice

Take a cup of kindness,
Mix it well with love,
Add a lot of patience,
And faith in God above,
Sprinkle very generously
With joy and thanks and cheer
And you'll have lots of 'angel food'
To feast on all the year.

내가 좋아하는 요리법

헬렌 스타이너 라이스

한 잔의 친절에
사랑을 부어 잘 섞고
하느님에 대한 믿음과
많은 인내를 첨가하고
기쁨과 감사와 격려를
넉넉하게 뿌립니다.
그러면 1년 내내 포식할
'천사의 양식' 이 됩니다.

미국의 여류시인(1900~1981). 주로 영성적인 메시지가 담긴 시를 썼다.

영성시로 유명한 시인은 물론 육신보다는 영혼의 음식 조리법을 말하고 있지요. 누구에게나 친절하고, 가슴에 사랑 · 믿음 · 인내를 지니고 늘 감사하는 마음으로 기쁘게 살면, 그것이야말로 살아갈 힘을 주는 '천사의 양식' 이라고 말합니다. 미국에 '천사의 양식' 이 있다면 우리나라에는 작자 미상의 '사랑차 조리법' 이 있습니다.

1. 불평과 화는 뿌리를 잘라내고 잘게 다진다.
2. 교만과 자존심은 속을 빼낸 후 깨끗이 씻어 말린다.
3. 짜증은 껍질을 벗기고 송송 썰어 넓은 마음으로 절여둔다.
4. 실망과 미움은 씨를 잘 빼낸 후 용서를 푼 물에 데친다.
5. 위의 모든 재료를 주전자에 담고 인내와 기도를 첨가하여 쓴맛이 없어질 때까지 충분히 달인다.
6. 기쁨과 감사로 잘 젓고, 미소 몇 개를 예쁘게 띄운 후, 깨끗한 믿음의 잔에 부어서 따뜻할 때 마신다.

오늘처럼 하늘이 유난히 파랗고 햇살 눈부신 날, 창가에 앉아 사랑차를 곁들여 천사의 양식을 먹으면 세상이 더 환해지겠지요?

Riches

William Blake

The countless gold of a merry heart,
The rubies & pearls of a loving eye,
The indolent never can bring to the mart,
Nor the secret hoard up in his treasury.

재산

윌리엄 블레이크

기쁜 마음은 천금과 같고,
사랑 담은 눈은 루비와 진주 같은데,
게으른 자는 시장에 내오지 못하고
비밀스러운 자라도 금고에 쌓아놓지 못한다.

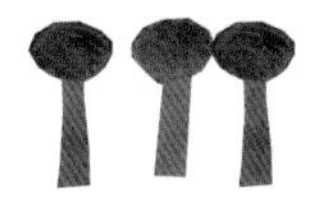

영국의 시인 · 화가(1757~1827). 간결한 시구를 통해 인생의 문제를 깊이 파고들었으며, R. 번스 등과 함께 영국 낭만주의의 선구가 되었다. 성서의 삽화를 그리는 등 화가로서도 천재성을 보였다.

"부자 되세요!"라는 유행어처럼 시인은 부자가 되는 비결을 말해주고 있습니다. 기쁘고 행복한 마음과 사랑 담긴 눈을 가졌다면 정말 소중한 재산을 가진 부자라고 일깨워줍니다. 재산은 함께 나누는 것이 더 좋듯이, 기쁜 마음과 사랑스러운 눈도 남에게 보여야 더욱 빛납니다.

게으름 피워서 내 기쁜 마음을 남에게 보이지 않으면 그 재산은 아무 소용이 없습니다. 그런가 하면 사랑은 재채기 같다고 했지요. 아무리 비밀스럽게, 몰래 마음속에 감춰두려 해도 숨길 수 없는 것, 얼굴에서 온통 빛이 나고 어깨는 들썩들썩, 저절로 보입니다.

지금 당신 주머니 안에 금은보화가 없어도 당신 마음에는 기쁨이, 눈에는 사랑이 가득하다면, 그리고 그 사랑과 기쁨을 부지런히 남과 나눌 수 있다면, 당신은 그 누구 못지않은 재산가라고 시인은 말합니다.

즉 시인은 말합니다. "돈 부자보다 더 좋은 것, 마음 부자 되세요!"

그 누구에게

To ________

George Gordon Lord Byron

But once I dared to lift my eyes,
To lift my eyes to thee;
And, since that day, beneath the skies,
No other sight they see.

In vain sleep shut in the night
The night grows day to me
Presenting idly to my sight
What still a dream must be.

A fatal dream—for many a bar
Divided thy fate from mine;
And still my passions wake and war,
But peace be still with thine.

그 누구에게

조지 고든 바이런 경

딱 한 번, 감히 내 눈을 들어,
눈을 들어 당신을 바라보았어요.
그날 이후, 내 눈은 이 하늘 아래
당신 외에는 아무것도 보지 못하지요.

밤이 되어 잠을 자도 헛된 일
내게는 밤도 한낮이 되어
꿈일 수밖에 없는 일을 내 눈앞에
짓궂게 펼쳐 보이죠.

그 꿈은 비운의 꿈—수많은 창살이
당신과 나의 운명을 갈라놓지요.
내 열정은 깨어나 격렬하게 싸우지만
당신은 여전히 평화롭기만 하군요.

영국의 낭만주의 시인(1788~1824). 비통한 서정, 날카로운 풍자, 근대적 고뇌가 담긴 작품들을 썼다. 유럽 여인들의 가슴을 설레게 했던 미남으로 여러 가지 스캔들에 시달리다가 28세에 고국을 등지고 이탈리아, 그리스의 독립운동을 돕던 중 열병에 걸려 이국에서 생을 마쳤다.

이루지 못할 사랑에 대한 비가悲歌입니다. 감히 이름조차 입에 올릴 수 없는 연인을 생각하며 뜬눈으로 밤을 새우고 그녀의 아름다운 모습에 눈이 멀어버린 시인의 절박한 상황을 그리고 있습니다. 마치 전쟁터같이 격렬한 싸움이 일어나고 있는 시인의 마음을 아는지 모르는지, 그녀는 평화롭기만 해 보이니 시인의 좌절이 사랑하는 이에 대한 원망으로 이어지는 것도 당연하지요.

이런 연시를 읽으면 불현듯 '열정' 이라는 단어를 떠올리게 됩니다. 사랑하는 이가 너무 보고 싶어 잠 못 이루고 무언가를 미칠 듯이 원했던 적이 언제였나요. 어쩔 수 없이 '생활' 의 노예가 되어 하루하루를 버릇처럼 살아가다 보니 사랑, 열정, 낭만은 이제 사치스러운 단어가 되어버렸습니다. 그러다가도 오늘같이 하늘 파란 오후에는 마치 까마득히 먼 옛날 떠나온 고향처럼 마음속에 문득 그리움이 머리를 쳐듭니다.

Love Is Anterior to Life

Emily Dickinson

Love— is anterior to Life—
Posterior— to Death—
Initial of Creation, and
The Exponent of Earth—

사랑은 생명 이전이고

에밀리 디킨슨

사랑은— 생명 이전이고
죽음— 이후이며—
천지창조의 근원이고
지구의 해석자—

미국의 여류시인(1830~1886). 자연과 사랑, 청교도주의를 배경으로 한 죽음과 영원 등의 주제를 담은 시들을 남겼다. 평생을 칩거하며 독신으로 살았고, 죽은 후에야 그녀가 2,000여 편의 시를 쓴 것이 알려졌다.

마침표 하나 없이 주저주저 속삭이듯 말하지만, 시인은 우주를 흔드는 거대한 사랑의 힘을 말하고 있습니다. 사랑은 만물의 알파요 오메가, 생명과 죽음을 관통하는 영겁의 힘, 천지창조의 시작, 이 세상이 존재하는 의미이며 힘이라고 시인은 말하고 있습니다.

정말 사랑이란 무엇일까요? 유명한 고린도 1서 13장은 "사랑은 모든 것을 덮어주고 모든 것을 믿고 모든 것을 바라고 모든 것을 견디어내는 마음"이라고 알려줍니다. 사는 게 아무리 힘들다 해도, 아무리 서로 헐뜯고 짓밟는다 해도, 누군가를 아끼고 소중히 여기며 용서하고 이해하는 마음, 사랑이 있는 한 이 세상은 아무런 문제없이 돌아갑니다. 그래서 사랑은 우주를 움직이는 에너지, 생명의 근원이라고 시인은 말하고 있습니다.

그래도 우리는 달랑 자동차 한 대, 공장 하나 움직이는 에너지는 끔찍이 여기면서도 이 세상 만물을 주관하는 사랑이라는 에너지는 하찮게 여기며 살아갑니다.

3… 사랑에도 조건이 있고 한계가 있다는 걸 깨달을 때, 사랑은 아픔이고 눈물입니다. 기쁨과 슬픔, 감정의 벽을 넘어 영혼 저 바닥에서 묵묵히 바라보고 받아들이는 침묵과 인내의 사랑은 얼마나 깊고 아름다울까요. 웃음과 눈물의 사랑을 지나지 않고는 거기 닿지 못합니다. 사랑할 때는 웃음의 노래도 슬픔의 눈물도 모두 다 찬란한 선물입니다.

진짜 행복은 성취 아닌 과정에 있음을…

Life in a Love

Robert Browning

Escape me?
Never—
Beloved!
While I am I, and you are you,
So long as the world contains us both,
Me the loving and you the loth,
While the one eludes, must the other pursue....
But what if I fail of my purpose here?
It is but to keep the nerves at strain,
To dry one's eyes and laugh at a fall,
And baffled, get up to begin again—
So the chase takes up one's life, that's all....

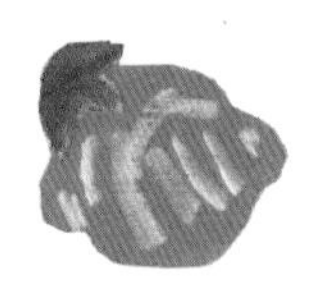

사랑에 살다

로버트 브라우닝

나로부터 도망치겠다구?
절대 안 되지—
사랑하는 이여!
내가 나이고, 당신이 당신인 한
사랑하는 나와 싫어하는 당신
우리 둘이 이 세상에 있는 한,
하나가 도망가면 또 하나는 쫓게 마련이니.
허나 여기서 목적을 달성하지 못하면 어떠리?
그건 그냥 긴장을 늦추지 말라는 뜻,
넘어져도 눈물 닦고 허허 웃고
좌절해도 일어나 다시 시작한다.
그래서 사랑을 좇다가 삶을 마친다. 그것뿐이다.

영국의 시인(1812~1889). 빅토리아 시대의 대표적 시인으로 극적 독백, 심리 묘사와 함께 자신의 경험, 감정, 사상을 극적인 구성 속에 담아내는 능력이 탁월했다. 엘리자베스 브라우닝과의 아름다운 로맨스로도 유명하다.

가끔 우리는 숨바꼭질을 합니다. 내가 사랑하는 사람은 자꾸 내게서 도망가고, 내가 싫어하는 이는 오히려 날 따라옵니다. 그래서 살아가면서 서로 좋아하고 싫어하며 이리저리 얽히게 마련입니다. 아니, 도망가는 건 꼭 사랑하는 사람뿐만 아닙니다. 돈, 명예, 건강, 모두 마찬가지입니다. 잡힐 듯 잡힐 듯 잡히지 않습니다.

그렇지만 시인은 말합니다. 무언가를 추구하기 위해 늘 깨어 있고, 넘어져도 다시 일어날 만한 목적을 가진 사람은 행복하다고 말입니다. 행복은 산꼭대기에 있지 않고 산꼭대기까지 오르는 과정에 있다고 했습니다.

'사랑을 좇다가 삶을 마친다.' 그런대로 멋진 삶이 아닐까요?

If You Should Go

Countee Cullen

Love, leave me like the light,
The gently passing day;
We would not know, but for the night,
When it has slipped away.
Go quietly; a dream,
When done, should leave no trace
That it has lived, except a gleam
Across the dreamer's face.

그대 떠나야 한다면

카운티 컬린

사랑하는 이여, 빛처럼 떠나십시오,
슬그머니 없어져버리는 일광처럼.
밤이 오지 않는다면 우린 모르잖아요,
언제 그 빛이 사라졌는지.
조용히 가십시오. 꿈이
다하고 나면 흔적을
남겨서는 안 되는 법, 꿈꾼 자의
얼굴에 희미한 한 줄기 빛 말고는.

미국의 시인 · 작가 · 번역가(1903~1946). 흑인으로 목사 집안에서 성장기를 보냈다. 대학을 졸업하던 해 첫 시집 《컬러(Color)》(1923)를 냈는데 두 번째 시집에서 인종 문제에 대한 관심이 줄어 흑인 사회의 비판을 받기도 했다.

사랑하는 이가 떠나지 않았으면 좋겠지만, 꼭 떠나야 한다면 빛처럼 떠나달라고 시인은 당부합니다. 어둠이 오면 언제 있었냐는 듯 자취도 없이 사라지는 빛처럼, 마음에 아무런 상처도 남기지 말고 쥐도 새도 모르게 슬그머니 떠나달라는 말이겠지요. 사랑은 봄날에 꾸는 꿈과 같다고 했나요. 이루지 못한 꿈은 언제 그런 꿈을 꾸었냐는 듯, 허무한 흔적을 남기지 말았으면 좋겠습니다.

사랑과 꿈을 떠나보내는 것만도 슬프고 아쉬워 죽겠는데 마음의 깊은 상처까지 끌어안고 살아야 한다면 너무 억울합니다. 아니, 너무 부끄러워 그런 사랑을 한 것, 그런 꿈을 꾼 것마저 후회할지도 모르겠습니다. 그래서 시인은 까짓 그런 사랑 없어도, 그런 꿈 없어도 난 잘 먹고 잘 살 수 있다는 걸 보여줄 수 있게 그냥 희미한 추억의 빛줄기만 남기고 떠나달라고 말합니다.

그러나 사랑을 빛에 비유하는 시인, 치맛자락이라도 붙잡고 늘어지고 싶은 속마음은 말 안 해도 뻔하지요.

Gifts

Sara Teasdale

I gave my first love laughter,
I gave my second tears,
I gave my third love silence
Thru all the years.

My first love gave me singing,
My second eyes to see,
But oh, it was my third love
Who gave my soul to me.

선물

새러 티즈데일

나는 한평생 살면서
내 첫사랑에게는 웃음을,
두 번째 사랑에게는 눈물을,
세 번째 사랑에게는 침묵을 선사했다.

첫사랑은 내게 노래를 주었고
두 번째 사랑은 내 눈을 뜨게 했고
아, 그러나 내게 영혼을 준 것은
세 번째 사랑이었어라.

미국의 여류시인(1884~1933). 개인적인 주제의 짧은 서정시가 고전적 단순성과 차분한 강렬함으로 주목을 받았다. 《사랑의 노래(Love Songs)》(1917)로 퓰리처상을 받았다.

연륜에 따라 사랑도 변하는 걸까요? 아직 젊고 이 세상이 다 내 것 같을 때 사랑은 한껏 부푼 꿈이요 희망이고, 서로에게 기쁨과 즐거움을 줍니다. 하지만 조금 더 세상살이를 하면서 사랑에도 조건이 있고 한계가 있다는 걸 깨달을 때, 사랑은 아픔이고 눈물입니다. 그리고 그 아픔 때문에 더욱 성숙하고 삶에 눈을 뜹니다. 하지만 시인은 웃음과 눈물을 뛰어넘는 사랑, 말없이 영혼을 나누는 사랑이야말로 진정한 사랑이라고 말합니다.

기쁨과 슬픔, 감정의 벽을 넘어 영혼 저 바닥에서 묵묵히 바라보고 받아들이는 침묵과 인내의 사랑은 얼마나 깊고 아름다울까요. 그러나 시인은 사랑도 단계가 있다고 말합니다. 웃음과 눈물의 사랑을 지나지 않고는 침묵의 사랑에 닿지 못합니다.

그리고 사랑할 때는 웃음의 노래도 슬픔의 눈물도 모두 다 찬란한 선물입니다.

Do Not Stand at My Grave and Weep

Mary Frye

Do not stand at my grave and weep
I am not there, I do not sleep
I am a thousand winds that blow
I am the diamond glint on snow
I am the sunlight on ripened grain
I am the gentle autumn rain
When you awake in the morning hush
I am the swift, uplifting rush
Of quiet birds in circled flight
And the soft star that shines at night
I am not there, I did not die
Do not stand at my grave and cry

내 무덤가에 서서 울지 마세요

매리 프라이

내 무덤가에 서서 울지 마세요
나는 거기 없고, 잠들지 않았습니다
나는 천 갈래 만 갈래로 부는 바람이며
금강석처럼 반짝이는 눈이며
무르익은 곡식을 비추는 햇빛이며
촉촉이 내리는 가을비입니다
당신이 숨죽인 듯 고요한 아침에 깨면
나는 원을 그리며 포르르
말없이 날아오르는 새들이고
밤에 부드럽게 빛나는 별입니다
내 무덤가에 서서 울지 마세요
나는 거기 없습니다, 죽지 않았으니까요

작가가 명확하지 않다. 인디언들에게서 구전되어온 시라고도 알려져 있지만 요즈음은 미국의 여류시인 매리 프라이(1905~2004)가 1936년에 쓴 시라는 설이 더 유력하다.

간혹 사랑하는 사람을 죽음으로 이별하고 힘들어하는 사람들을 봅니다. 이제 그 사람을 이 아름다운 세상에서 다시 볼 수 없다는 사실이 너무나 가슴 아파서 애절하게 웁니다.

하지만 이 시는 육신의 죽음이 끝이 아니라고 말합니다. 그 사람의 몸은 사라져도 자연으로 돌아가 더 아름답게 태어나는 거라고 말합니다. 투명한 햇살 속에, 향기로운 바람 속에, 반짝이는 별 속에, 길섶의 들국화 속에, 그 사람의 영혼은 늘 살아 있으니까요.

이제 이 세상에서의 아쉬운 작별을 준비하거나 사랑하는 사람을 하늘나라로 먼저 떠나보내고 아파하는 분이 있다면, 이 시가 조금은 위로가 되었으면 좋겠습니다.

Heat

Hilda Doolittle

O wind, rend open the heat,
cut apart the heat,
rend it to tatters.
Fruit cannot drop
through this thick air....
Cut through the heat—
plow through it
turning it on either side
of your path.

열기

힐다 두리틀

아 바람이여, 열기를 찢어 열어라.
열기를 베어 갈라라
갈가리 찢어 발겨라.
이렇게 텁텁한 공기 사이로는
과일 하나 떨어지지 못한다.
열기를 자르며 나가라—
열기를 갈아엎어라
네가 가는 길
양 옆으로 치워버려라.

미국의 여류시인(1886~1961). 필명이 H. D.이고 에즈라 파운드와 함께 이미지즘 시운동을 이끌었다. 그녀의 이미지즘은 시 속에 설명과 규칙적인 박자를 배제하고 이미지의 힘으로만 감정을 전달하는 것이었다.

덥습니다. 정말 과일 하나 떨어질 틈새가 없을 정도로 뜨거운 열기가 빽빽하게 둘러싸고 있습니다.

어제는 미국 가서 갖은 고생 끝에 돈 많이 벌어 30년 만에 돌아온 지인을 만났습니다. 그가 말했습니다. "참 이상하기도 하지. 내 어린 시절 겨울은 지금보다 훨씬 추웠고 여름은 이처럼 덥지 않았는데. 달동네 겨울이 얼마나 춥던지 밤에 어머니가 다섯 형제의 구멍 난 내복을 빨아서 마루에 널어놓으면 아침이면 꽁꽁 얼어서, 형들과 얼어붙은 내복으로 칼싸움을 했는데…. 여름에는 웃통 벗고 엎드려서 등목 한 번 하면 하나도 덥지 않았는데…."

백만장자가 되어 에어컨 바람 씽씽 나오는 호화로운 거실에 앉아서 그는 내복으로 칼싸움하던 가난한 시절을 그리워하고 있었습니다.

눈보라 치더라도 살아라!

Stopping by Woods On a Snowy Evening

Robert Frost

Whose woods these are I think I know.
His house is in the village, though;
He will not see me stopping here
To watch his woods fill up with snow....
The only other sound's the sweep
Of easy wind and downy flake.
The woods are lovely, dark and deep,
But I have promises to keep,
And miles to go before I sleep,
And miles to go before I sleep.

눈 오는 저녁 숲가에 서서

로버트 프로스트

이 숲이 누구 숲인지 알 것도 같다.
허나 그의 집은 마을에 있으니
내가 자기 숲에 눈 쌓이는 걸 보려고
여기 서 있음을 알지 못하리.
다른 소리라곤 스치고 지나는
바람소리와 솜털 같은 눈송이뿐.
숲은 아름답고, 어둡고, 깊다.
하지만 난 지켜야 할 약속이 있고,
잠들기 전에 갈 길이 멀다,
잠들기 전에 갈 길이 멀다.

미국의 시인(1874~1963). J. F. 케네디 대통령 취임식에서 자작시를 낭송하는 등 미국의 계관시인과도 같은 존재였으며, 퓰리처상을 4회나 수상했다. 뉴잉글랜드 지방의 소박한 농민과 자연을 노래함으로써 현대의 미국 시인 중 가장 순수한 고전적 시인으로 꼽힌다.

깜깜한 밤에 어딘가 다녀오던 시인은 문득 썰매를 멈춥니다. 눈 내리는 고요한 숲이 너무 아름답기 때문입니다. 눈송이들은 마치 부드러운 깃털처럼 내려와 쌓이고, 모든 것을 잊고 가만히 그 안에 드러누워 잠들고 싶습니다. 하지만 마을에는 가족이 있고, 지켜야 할 약속이 기다리고 있습니다. 시인은 다시 길을 떠납니다.

거대한 기계의 작은 톱니바퀴로 살며 늘 숨이 턱에 차서 제대로 생각할 틈도 없지만, 가끔씩 가슴 한가운데에 구멍이 뻥 뚫린 듯 허전한 느낌입니다. 분명 이건 아닌데…. 남이 안 보는 데서 실컷 울고 싶습니다. 아니, 아예 영원히 잠들어버리면 너무나 편할 것 같습니다.

하지만 귀한 생명 받고 태어남은 하나의 약속입니다. 내게 주어진 삶을 사랑하며 용기 있게 살아가리라는 약속입니다. 그리고 그 약속을 지킬 때까지 가야 할 길이 아직도 꽤 멉니다.

Ars Poetica

Archibald MacLeish

A poem should be palpable and mute
As a globed fruit,
Dumb
As old medallions to the thumb....
A poem should be wordless
As the flight of birds....
A poem should be equal to
Not true.
For all the history of grief
An empty doorway and a maple leaf
For love
The leaning grasses and two lights above the sea
A poem should not mean
But be.

시법詩法

아치볼드 매클리시

시는 둥그런 과일처럼
만질 수 있고 묵묵해야 한다.
엄지손가락에 닿는 오래된 메달들처럼
딱딱하고
새들의 비상처럼
시는 말을 아껴야 한다.
시는 구체적인 것이지
진실된 것이 아니다.
슬픔의 긴 역사를 표현하기 위해서는
텅 빈 문간과 단풍잎 하나
사랑을 위해서는
비스듬히 기댄 풀잎들과 바다 위 두 개의 불빛
시는 무엇을 의미하는 게 아니라
단지 존재할 뿐이다.

미국의 시인(1892~1982). 정부 관료와 하버드대 교수를 역임했다. 정치시와 서정시로 두 차례에 걸쳐 퓰리처상을 수상했다.

시 쓰는 법을 가르쳐주는 시입니다. 시란 추상적이고 현학적인 게 아니라 구체적인 것, 즉 보고 만지고 냄새 맡고 만질 수 있어야 한다고 시인은 말합니다. 자신의 마음과 생각을 구구절절이 설명하기보다는 '과일'과 '오래된 메달', '새의 비상' 처럼 독자가 오감으로 경험할 수 있는 이미지를 사용하는 것이 중요합니다.

슬픔을 길게 설명하기보다는 독자가 시인의 슬픔을 연상할 수 있도록 텅 빈 문간과 단풍잎 하나를 보여주는 것이 시입니다. 사랑을 장황하게 설명하기보다는 서로 기대어 한 방향으로 기우는 풀잎들, 깜깜한 바다 위에서 함께 반짝이는 두 개의 불빛만 보여주면 됩니다.

여러분이 시인이라면 사랑을 위해 어떤 이미지를 사용하시겠습니까?

달 커지듯 씨앗 터지듯 사랑은 조용히 천천히…

Love Quietly Comes

Gloria Vanderbilt

Love Quietly comes
Long in time
After Solitary Summers
And false blooms blighted
Love Slowly comes....
Quietly slowly
Shafts of wheat
Underground love is....
Love slips into roots
Sprouts shoot
Slow as the moon swells

사랑은 조용히 오는 것

글로리아 밴더빌트

사랑은 조용히 오는 것
외로운 여름과
거짓 꽃이 시들고 나서도
기나긴 세월이 흐를 때
사랑은 천천히 오는 것
조용히 천천히
땅속에 뿌리박은
밀처럼 사랑은….
사랑은 살며시 뿌리로 스며드는 것
씨앗이 싹트듯
달이 커지듯 천천히

미국의 여류시인 · 디자이너(1924~). 철도왕 윌리엄 밴더빌트의 딸로 두 살 때 부친이 사망하자 400만 달러를 상속받았다. 탁월한 예술적 감각을 발휘해 손수 디자인한 청바지로 대성공을 거뒀고, 1955년 첫 시집을 발표하며 시인으로도 활동했다.

무엇이든 빠르게, 크게, 높게, 물리적 효율성으로 가치를 평가받는 시대입니다. 사랑도 덩달아 빨리빨리, 숨이 턱까지 차올라 사랑의 향기도 기쁨도 저만치 달아날 것만 같습니다. 사랑은 시간을 필요로 합니다. 화려하게 휘리릭 피어나는 꽃 같은 사랑은 잠시 얼굴에 미소를 띠게 하지만 오랜 인내와 희생, 기다림을 견디는 사랑은 마음속 깊이 뿌리내립니다.

칼릴 지브란은 "보이지 않는 것은 사랑이 아니다"라고 말했지만, 너무 크게, 너무 많이 보이는 것도 진정한 사랑이 아닐지 모릅니다. 물이 살며시 뿌리로 스며들듯이, 초승달이 점점 보름달이 되듯이, 천천히 그리고 조금씩 깊어지고 커지는 사랑이야말로 사랑의 참맛을 느끼게 하지 않을까요.

Paradoxical Commandments

Kent M. Keith

People are often unreasonable, illogical,
and self-centered;
Forgive them anyway.
If you are kind,
people may accuse you of selfish, ulterior motives;
Be kind anyway....
If you are honest and frank,
people may cheat you;
Be honest and frank anyway.
What you spend years building,
someone could destroy overnight;

Build anyway.
If you find serenity and happiness,
they may be jealous;
Be happy anyway.
The good you do today,
people will often forget tomorrow;
Do good anyway.
Give the world the best you have,
and it may never be enough;
Give the world the best you've got anyway.

그럼에도 불구하고

켄트 M. 키스

사람들은 때로 변덕스럽고
비논리적이고 자기중심적이다.
그래도 그들을 용서하라.
네가 친절을 베풀면
이기적이고 숨은 의도가 있다고
비난할지도 모른다.
그래도 친절을 베풀라.
네가 정직하고 솔직하면
사람들은 너를 속일지도 모른다.
그래도 정직하고 솔직하라.
네가 오랫동안 이룩한 것을
누군가 하룻밤새 무너뜨릴지도 모른다.

그래도 무언가 이룩하라.
네가 평화와 행복을 누리면
그들은 질투할지 모른다.
그래도 행복하라.
네가 오늘 행한 선을 사람들은 내일 잊어버릴 것이다.
그래도 선을 행하라.
네가 갖고 있는 최상의 것을 세상에 내줘도
부족하다 할지 모른다.
그래도 네가 갖고 있는 최상의 것을 세상에 주어라.

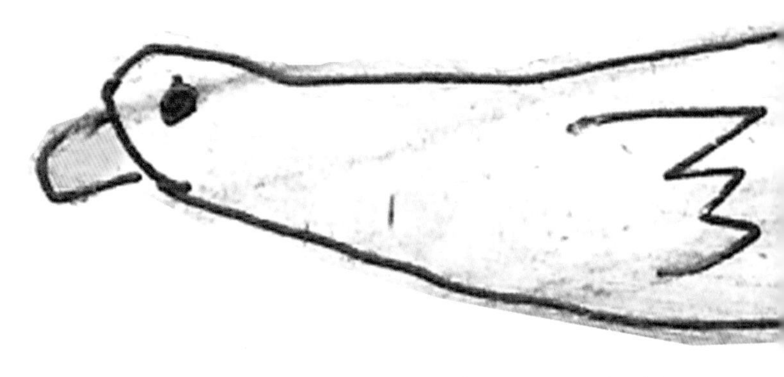

미국의 작가 · 강연가(1949~). 변호사와 정부 관료를 지냈고, 현재는 리더십을 주제로 한 글을 발표하며 강연가로서도 명성을 떨치고 있다.

인도 캘커타의 '어린이집'에 새겨져 있는 말로서 마더 테레사의 시로 알려져 있지만 사실은 다른 이의 글입니다. 하지만 누가 썼느냐가 문제가 아니라 '그럼에도 불구하고'라는 메시지가 중요합니다. 내가 최선을 다해 바르게 살아도 다른 이들이 날 이해하고 받아들여주지 않으면 허무주의에 빠지게 됩니다. 그러나 시인은 힘주어 말합니다. '그럼에도 불구하고'라고. 누가 뭐래도 꿋꿋이 내 갈 길을 가며 내가 갖고 있는 최상의 것을 내놓아도 세상은 묵묵부답…. 그럼에도 불구하고 기다리면 언젠가는 세상도 내게 최상의 것을 주겠지요.

무슨 소용이리, 그대가 내 곁에 없는데

Love's Philosophy

Percy B. Shelley

The fountains mingle with the river
And the rivers with the Ocean....
Nothing in the world is single;
All things by a law divine,
In one spirit meet and mingle.
Why not I with thine?
See the mountains kiss high Heaven,
And the waves clasp one another....
And the sunlight clasps the earth,
And the moonbeams kiss the sea;
What is all this sweet work worth
If thou kiss not me?

사랑의 철학

퍼시 B. 셸리

샘물은 강물과 하나 되고
강물은 다시 바다와 섞인다
이 세상에 혼자인 것은 없다.
만물이 원래 신성하고
하나의 영혼 속에서 섞이는데
내가 왜 당신과 하나 되지 못할까
보라, 산이 높은 하늘과 입맞추고
파도가 서로 껴안는 것을
햇빛은 대지를 끌어안고
달빛은 바다에 입맞춘다.
허나 이 모든 달콤함이 무슨 소용인가
그대가 내게 키스하지 않는다면.

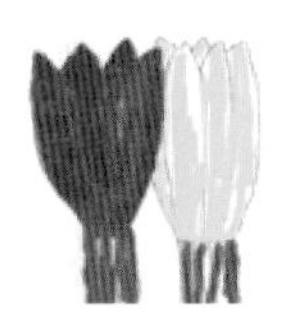

영국의 시인 · 극작가(1792~1822). 바이런, 키츠와 함께 대표적인 낭만주의 시인. 반항정신과 철학적 명상이 가득한 시들을 남겼다. 요트 항해를 하던 중 익사해서 시신을 화장했는데 심장은 끝까지 타지 않았다고 한다.

〈사랑의 철학〉, 멋진 제목입니다. 사랑의 근본 원리는 무엇일까요. 시인은 무조건 '하나됨'이라고 말합니다. 해와 산이 만나고, 달과 바다가 만나고, 당신과 내가 만나고…. 이 세상에 어차피 혼자인 것은 없고, 혼자일 수도 없습니다.

그러나 시인은 서로 멀찌감치서 마음만 만나는 것은 반쪽 사랑이라고 말합니다. 마음과 몸이 함께 만나야 합니다. 서로에게 자신을 온전히 바쳐야 합니다. 당신이 내 곁에 없어 지금 입맞출 수 없다면 이 아름다운 세상은 더 이상 아름답지 않습니다.

그게 바로 사랑의 철학입니다.

나무 중 제일 예쁜 나무, 벚나무

Loveliest of Trees, the Cherry Now

A. E. Housman

Loveliest of trees, the cherry now
Is hung with bloom along the bough,
And stands about the woodland ride
Wearing white for Eastertide.

Now, of my threescore years and ten,
Twenty will not come again,
And take from seventy springs a score,
It only leaves me fifty more.

And since to look at things in bloom
Fifty springs are little room,
About the woodlands I will go
To see the cherry hung with snow.

나무 중 제일 예쁜 나무, 벚나무

A. E. 하우스먼

나무 중 제일 예쁜 나무, 벚나무가 지금
가지마다 주렁주렁 꽃 매달고
숲속 승마도로 주변에 서 있네,
부활절 맞아 하얀 옷으로 단장하고.

이제 내 칠십 인생에서
스무 해는 다시 오지 않으리.
일흔 봄에서 스물을 빼면
고작해야 쉰 번이 남는구나.

만발한 꽃들을 바라보기에
쉰 번의 봄은 많은 게 아니니
나는 숲속으로 가리라
눈같이 활짝 핀 벚나무 보러.

영국의 고전학자 · 시인(1859~1936). 절제되고 소박한 문체로 낭만적 염세주의를 표현한 서정시를 썼다. 대영박물관에서 11년간 독학으로 고전을 연구하여 지식인 사회에 큰 영향을 끼쳤다.

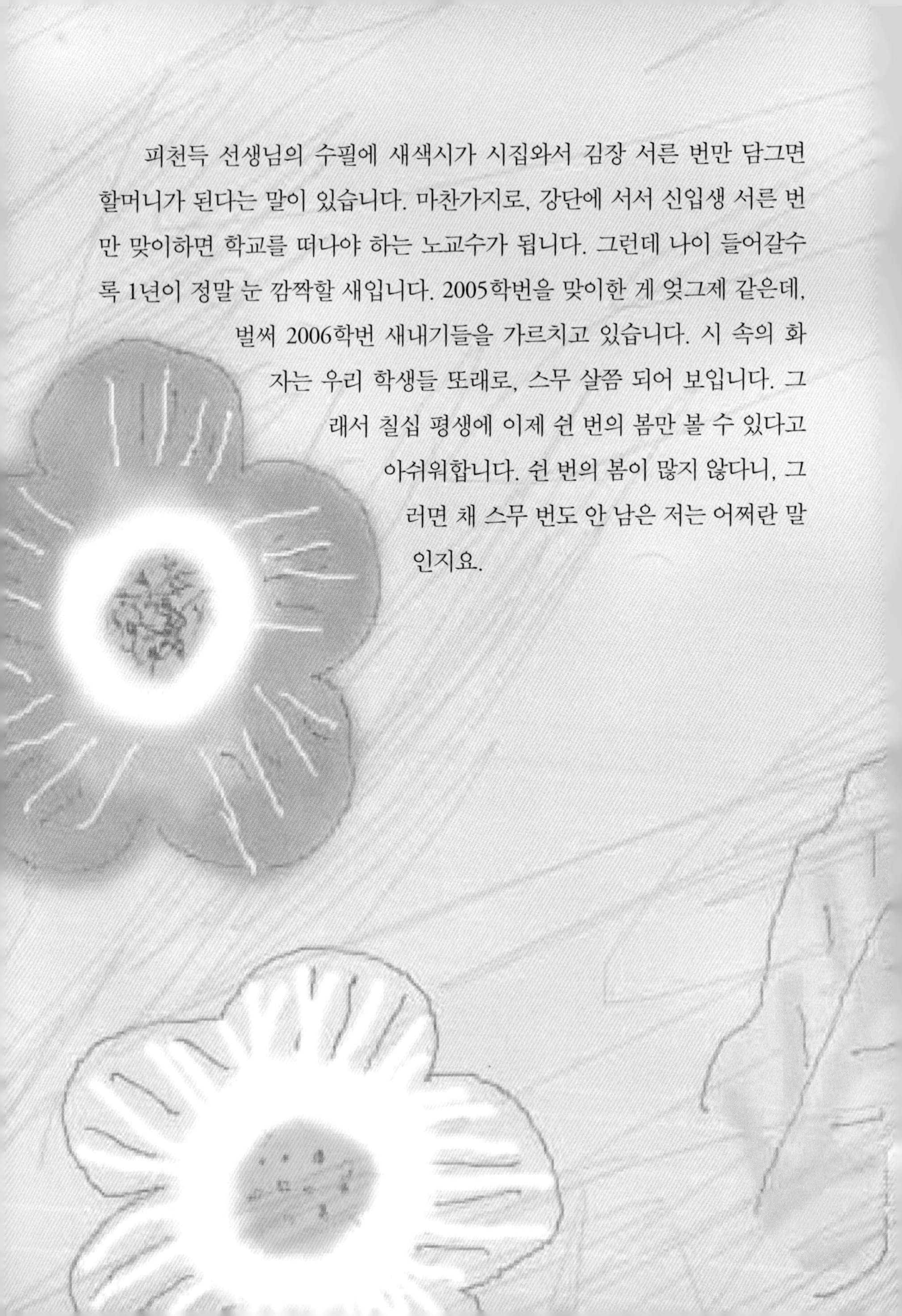

피천득 선생님의 수필에 새색시가 시집와서 김장 서른 번만 담그면 할머니가 된다는 말이 있습니다. 마찬가지로, 강단에 서서 신입생 서른 번만 맞이하면 학교를 떠나야 하는 노교수가 됩니다. 그런데 나이 들어갈수록 1년이 정말 눈 깜짝할 새입니다. 2005학번을 맞이한 게 엊그제 같은데, 벌써 2006학번 새내기들을 가르치고 있습니다. 시 속의 화자는 우리 학생들 또래로, 스무 살쯤 되어 보입니다. 그래서 칠십 평생에 이제 쉰 번의 봄만 볼 수 있다고 아쉬워합니다. 쉰 번의 봄이 많지 않다니, 그러면 채 스무 번도 안 남은 저는 어쩌란 말인지요.

꽃 피는 아름다운 봄을 영원히 볼 수는 없을진대, 너무 늦게, 이제야 그걸 깨닫습니다. 문득 이런 화창한 날에 내가 숨쉬며 살아 있다는 사실이 눈물겹도록 감사합니다. 올 봄엔 정말 꼭 꽃구경 한번 나서봐야겠습니다.

이제 긴 담을 허물 때

Mending Wall

Robert Frost

Something there is that doesn't love a wall,
That sends the frozen-ground-swell under it,
And spills the upper boulders in the sun....
I let my neighbour know beyond the hill;
And on a day we meet to walk the line
And set the wall between us once again.
He is all pine and I am apple orchard.
My apple trees will never get across
And eat the cones under his pines, I tell him.
He only says, "Good fences make good neighbours."

담장 수선

로버트 프로스트

무언가 담장을 좋아하지 않는 게 있다.
그것은 담장 밑 얼어붙은 땅을 부풀게 하여
햇볕 속에 위쪽 둥근 돌들을 떨어뜨린다.
나는 언덕 너머 사는 이웃에게 알리고
날 잡아 하루 만나 경계를 따라 걸으며
우리 사이에 담장을 다시 세운다.
그는 모두 솔밭이고 내 쪽은 사과나무 과수원이니
내 사과나무들이 그쪽으로 건너가
소나무 밑 솔방울들을 먹어치울 리 없다고 말해보지만,
그는 "담장이 튼튼해야 좋은 이웃이지요"라고 말할 뿐.

미국의 시인(1874~1963). J. F. 케네디 대통령 취임식에서 자작시를 낭송하는 등 미국의 계관시인과도 같은 존재였으며, 퓰리처상을 4회나 수상했다. 뉴잉글랜드 지방의 소박한 농민과 자연을 노래함으로써 현대의 미국 시인 중 가장 순수한 고전적 시인으로 꼽힌다.

프로스트의 대표시 중 하나입니다. 봄이 되면 얼어붙었던 땅이 녹아 흙이 부드러워지면서 돌로 쌓은 담이 무너지는 경우가 있습니다. 그러면 이웃들이 만나 '담장 수선'을 합니다. 담장을 다시 손봐야 여기는 내 땅, 저기는 남의 땅이라는 경계를 확실히 할 수 있습니다.

그러나 시인은 "무언가 담장을 좋아하지 않는" 것이 있다고 말합니다. 즉 자연은 자꾸 담장을 허물고 싶어하지만 인간은 자꾸 담장을 새로 쌓는다는 말입니다. 하물며 '좋은 이웃'의 조건은 네 것과 내 것의 소유의 경계를 확실히 하는 것이라고 믿습니다. 경계가 필요 없는 데에도 우리는 습관처럼 담 쌓기를 좋아하고, 마음속에도 열심히 보이지 않는 담을 쌓습니다.

긴 겨울이 가고 어김없이 봄은 찾아와 햇볕이 따뜻하고 바람이 향기롭습니다. 봄은 가난한 집이나 부잣집, 기쁜 사람이나 슬픈 사람 할 것 없이 골고루 찾아옵니다. 그래도 우리는 여전히 담장을 수선하기에 바쁩니다.

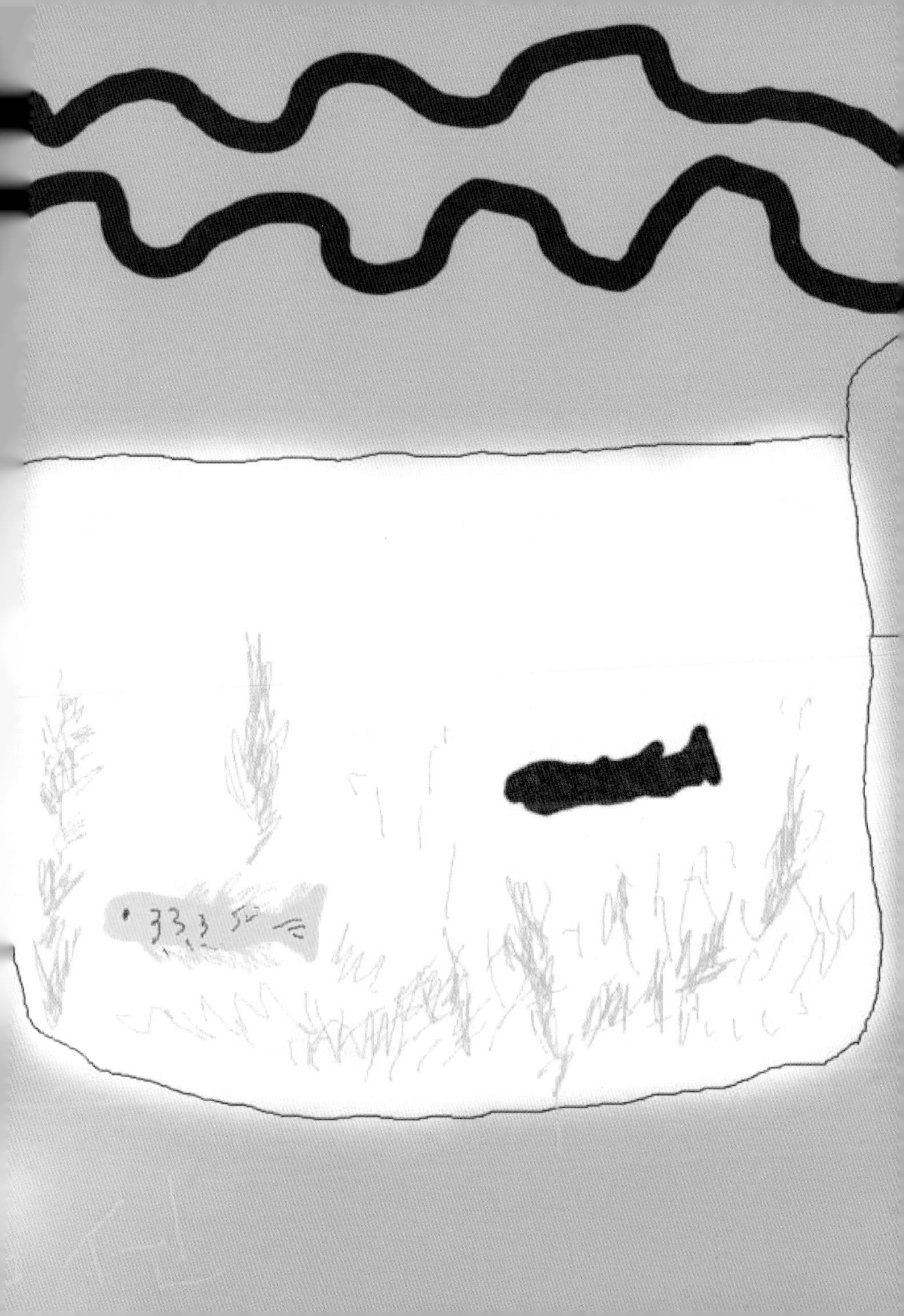

사랑의 증세

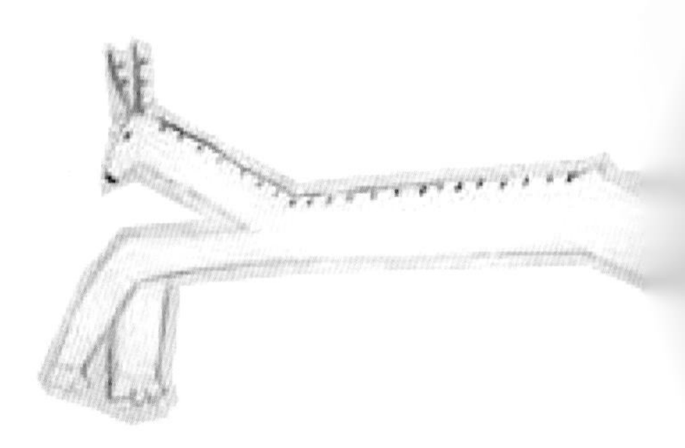

Symptoms of Love

Robert Graves

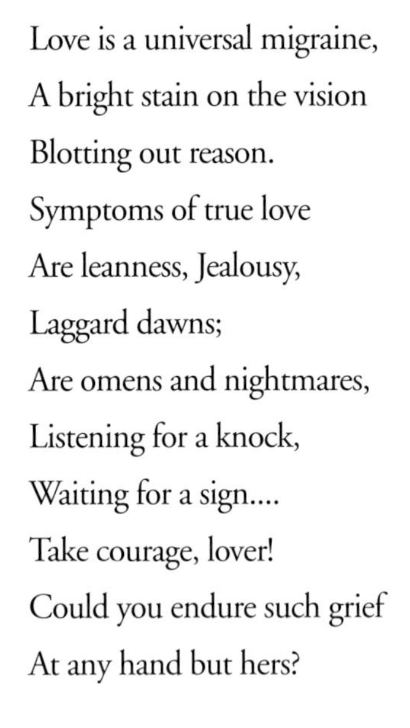

Love is a universal migraine,
A bright stain on the vision
Blotting out reason.
Symptoms of true love
Are leanness, Jealousy,
Laggard dawns;
Are omens and nightmares,
Listening for a knock,
Waiting for a sign....
Take courage, lover!
Could you endure such grief
At any hand but hers?

사랑의 증세

로버트 그레이브스

사랑은 온몸으로 퍼지는 편두통
이성을 흐리게 하며
시야를 가리는 찬란한 얼룩.
진정한 사랑의 증세는
몸이 여위고, 질투를 하고,
늦은 새벽을 맞이하는 것.
예감과 악몽 또한 사랑의 증상,
노크 소리에 귀기울이고
무언가 징표를 기다리는….
용기를 가져라, 사랑에 빠진 이여!
그녀의 손이 아니라면
너 어찌 그 비통함을 견딜 수 있으랴?

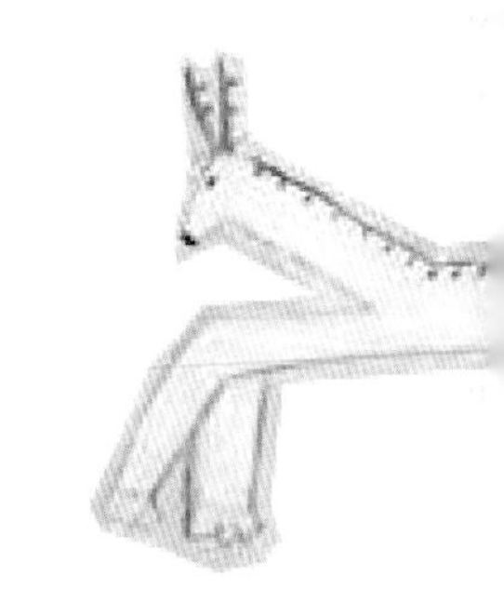

영국의 시인 · 소설가(1895~1985). 제1차 세계대전에 참전한 체험을 바탕으로 시를 쓰기 시작했다. 우아하고 명쾌한 문체가 근래 높은 평가를 받고 있다.

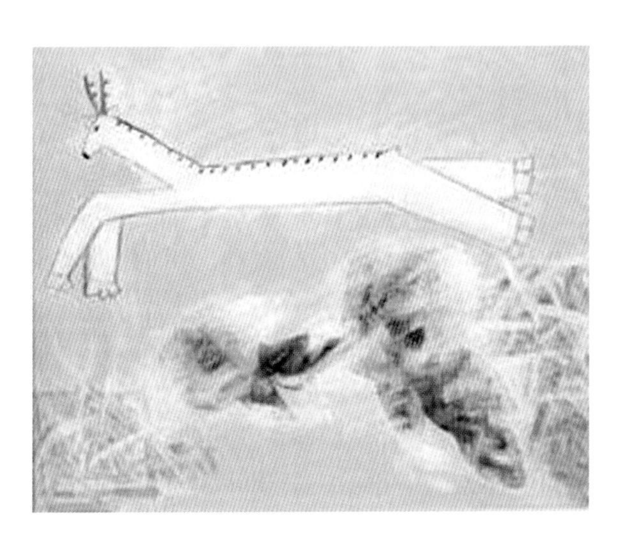

사랑도 일종의 병인가요. 시인은 사랑의 '증세'를 말하고 있습니다. 시의 템포가 빠르고 쉼표를 자주 사용하는 것은 사랑에 빠진 사람 특유의 초조함과 설렘을 나타냅니다. 몸이 여위고, 불면증에 시달리고, 악몽을 꾸고, 그녀의 몸짓 하나 눈짓 하나에 민감해지는 사랑의 증세는 차라리 고통입니다.

하지만 말미에 시는 반전하여 "그녀의 손이 아니라면 너 어찌 그 비통함을 견딜 수 있으랴?"라고 묻습니다. 그녀를 사랑할 수 있다는 것 자체가 하나의 권리요, 사랑의 고뇌도 그녀 없이는 맛볼 수 없는 행복이라는 역설이 깔려 있으니, 앞으로도 '사랑의 증세'는 계속될 듯합니다.

소유할 수 없는 '아이들의 세계'

Children

Kahlil Gibran

Your children are not your children....
They come through you but not from you,
And though they are with you, yet they belong not to you.
You may give them your love but not your thoughts.
For they have their own thoughts.
You may house their bodies but not souls,
For their souls dwell in the house of tomorrow,
which you cannot visit, not even in your dreams.
You may strive to be like them,
but seek not to make them like you.
For life goes not backward nor tarries with yesterday.

당신의 아이들은

칼릴 지브란

당신의 아이들은 당신의 소유가 아닙니다.
그들은 당신을 거쳐 태어났지만 당신으로부터 온 것이 아닙니다.
당신과 함께 있지만 당신에게 속해 있는 것은 아닙니다.
당신은 아이들에게 사랑을 줄 수는 있지만
생각을 줄 수는 없습니다.
그들은 자기의 생각을 가지고 있기 때문입니다.
당신은 아이들에게 육체의 집을 줄 수는 있어도
영혼의 집을 줄 수는 없습니다.
그들의 영혼은 내일의 집에 살고 있고 당신은 그 집을
결코, 꿈속에서도 찾아가면 안 되기 때문입니다.
당신이 아이들처럼 되려고 노력하는 건 좋지만
아이들을 당신처럼 만들려고 하지는 마십시오.
삶이란 뒷걸음쳐 가는 법이 없으며,
어제에 머물러 있는 것도 아니기 때문입니다.

레바논의 시인 · 화가 · 철학자(1883~1931). 레바논에서 태어나 12세 때 가족과 함께 미국으로 이주했다. 이후 홀로 귀국해 수학했으며, 1902년 유럽으로 건너간 뒤 다시는 조국에 가지 않았다. 인생의 근본적 문제를 제기한 《예언자(The Prophet)》로 세계적인 사랑을 받았다.

《예언자》라는 책에서 지브란은, 아무리 내가 낳은 자식이라도 아이들은 내 소유가 아니라고 강조합니다. 아이들의 세계가 따로 있고, 어른들은 꿈속에서도 그 세계를 침범해서는 안 된다고 말입니다. 부모들은 단지 활일 뿐, 아이들은 그 활에서 발사되어 날아가는 화살이라고도 말합니다.

하지만 어디까지가 사랑이고 어디까지가 침범인지 구분하기 어렵습니다. 이 세상에 나와 닮은꼴이 있다는 것은 겁나지만 아주 신기한 일입니다. 죽도록 고생해도 그래도 기쁘게 사는 건 오직 아이들을 위해서인데 내 사랑뿐만 아니라 내 생각도 좀 주면 안 될까요. 나도 '어제'의 세상에 머물러 있지 않고 그들과 함께 '내일의 집'을 좀 넘보면 안 될까요.

그 어떤 이론도 통하지 않는 게 자식 키우는 일이 아닌지요.

Teachers

Kevin William Huff

Teachers
Paint their minds and guide their thoughts
Share their achievements and advise their faults
Inspire a Love of knowledge and truth
As you light the path which leads our youth
For our future brightens with each lesson you teach
each smile you lengthen....
For the dawn of each poet, each philosopher and king
Begins with a Teacher and the wisdom they bring.

선생님은

케빈 윌리엄 허프

선생님은
학생들 마음에 색깔을 칠하고 생각의 길잡이가 되고
학생들과 함께 성취하고 실수를 바로잡아주고
길을 밝혀 젊은이들을 인도하며
지식과 진리에 대한 사랑을 일깨웁니다.
당신이 가르치고 미소 지을 때마다
우리의 미래는 밝아집니다.
시인, 철학자, 왕의 탄생은 선생님과
그가 가르치는 지혜로부터 시작하니까요.

미국의 웹디자이너로서 교사인 아내를 위하여 '선생님'에 관한 일련의 시를 썼다.

새삼 선생이라는 나의 직업에 대해 생각해봅니다. 내가 누군가의 마음에 색깔을 칠하고 생각의 길잡이가 된다는 것, 내가 가르치는 지혜로 시인, 철학자, 왕이 탄생한다는 것. 즉 내가 누군가의 삶에 영향을 준다는 것, 문득 선생이라는 직업이 겁이 납니다.

"보통의 선생은 말을 할 뿐이고 좋은 선생은 설명을 한다. 훌륭한 선생은 몸소 보여주고 위대한 선생은 영감을 준다"는 말이 있습니다. 나는 그저 '말을 할' 뿐인 선생이 아니었나 의심이 듭니다. 나 스스로 보여주고 영감을 주는 선생이 되고 싶습니다. 지식뿐만 아니라 지혜를, 현실뿐만 아니라 이상을, 생각뿐만 아니라 사랑을 가르치는 그런 선생이고 싶습니다.

진정한 '사랑의 삶' 깨닫게 해주소서

A Prayer

Sara Teasdale

When I am dying, let me know
That I loved the blowing snow
Although it stung like whips;
That I loved all lovely things
And I tried to take their stings
With gay unembittered lips;
That I loved with all my strength,
To my soul's full depth and length,
Careless if my heart must break,
That I sang as children sing
Fitting tunes to everything,
Loving life for its own sake.

기도

새러 티즈데일

나 죽어갈 때 말해주소서.
채찍처럼 살 속을 파고들어도
나 휘날리는 눈 사랑했다고.
모든 아름다운 걸 사랑했노라고.
그 아픔을 기쁘고 착한
미소로 받아들이려 애썼다고.
심장이 찢어진다 해도
내 영혼 닿는 데까지 깊숙이
혼신을 다 바쳐 사랑했노라고.
삶을 삶 자체로 사랑하며
모든 것에 곡조 붙여
아이들처럼 노래했노라고.

미국의 여류시인(1884~1933). 개인적인 주제의 짧은 서정시가 고전적 단순성과 차분한 강렬함으로 주목을 받았다. 《사랑의 노래(Love Songs)》로 퓰리처상을 받았다.

시인은 기도합니다. 지상에서의 삶을 마감하고 죽을 때 혼신을 다 바쳐 사랑하고 떠난다고 말할 수 있게 해달라고. 이 세상에서의 삶을 삶 그 자체로 사랑하며 기쁘게 살다 간다고 깨닫게 해달라고.

나도 시인처럼 '심장이 찢어지는' 아픔에도 아랑곳하지 않고, 사랑하고 싶다고 말할 수 있을까 새삼 생각해봅니다. 때로 온 마음 다해 사랑한다는 것은 아주 겁나는 일입니다. 휘날리는 눈은 맞으면 차가울까봐 사랑하지 못하고, 아름다운 장미는 가시에 찔릴까봐 사랑하지 못합니다. 버림받을까봐 사랑하지 못하고, 상처받을까봐 다가가지 못합니다.

그래서 이렇게 어영부영 살아가다가 정작 떠나야 할 날이 올 때 사랑 한번 제대로 못하고 떠난다는 회한으로 너무 마음이 아프면 어떡하지요?

이 책에 실린 시들 중 일부는 저자와 연락이 닿지 않아 시의 게재 허락을 받지 못했습니다.
출판사로 연락을 주시면 허락을 받고 게재료를 지불하겠습니다.